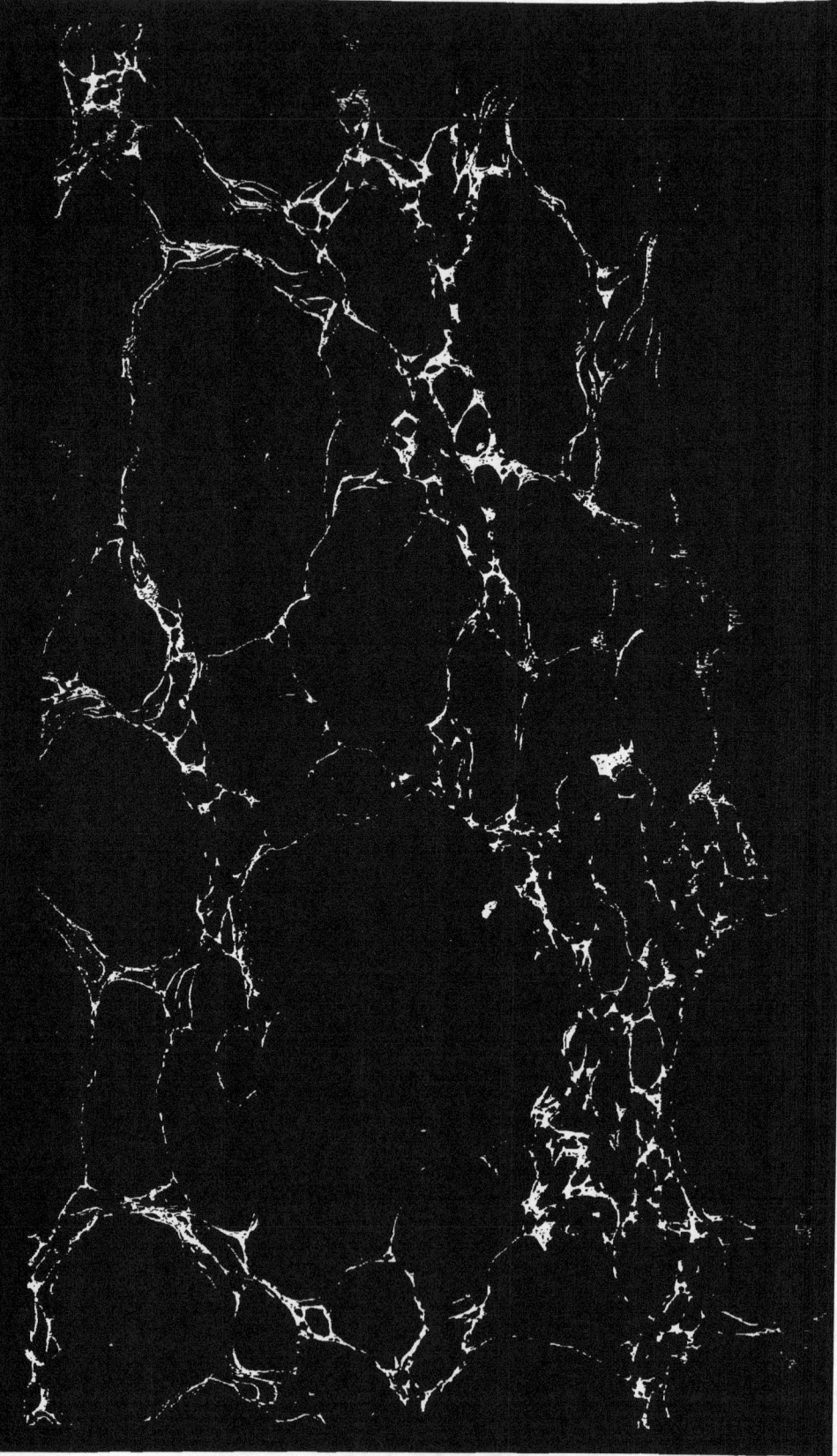

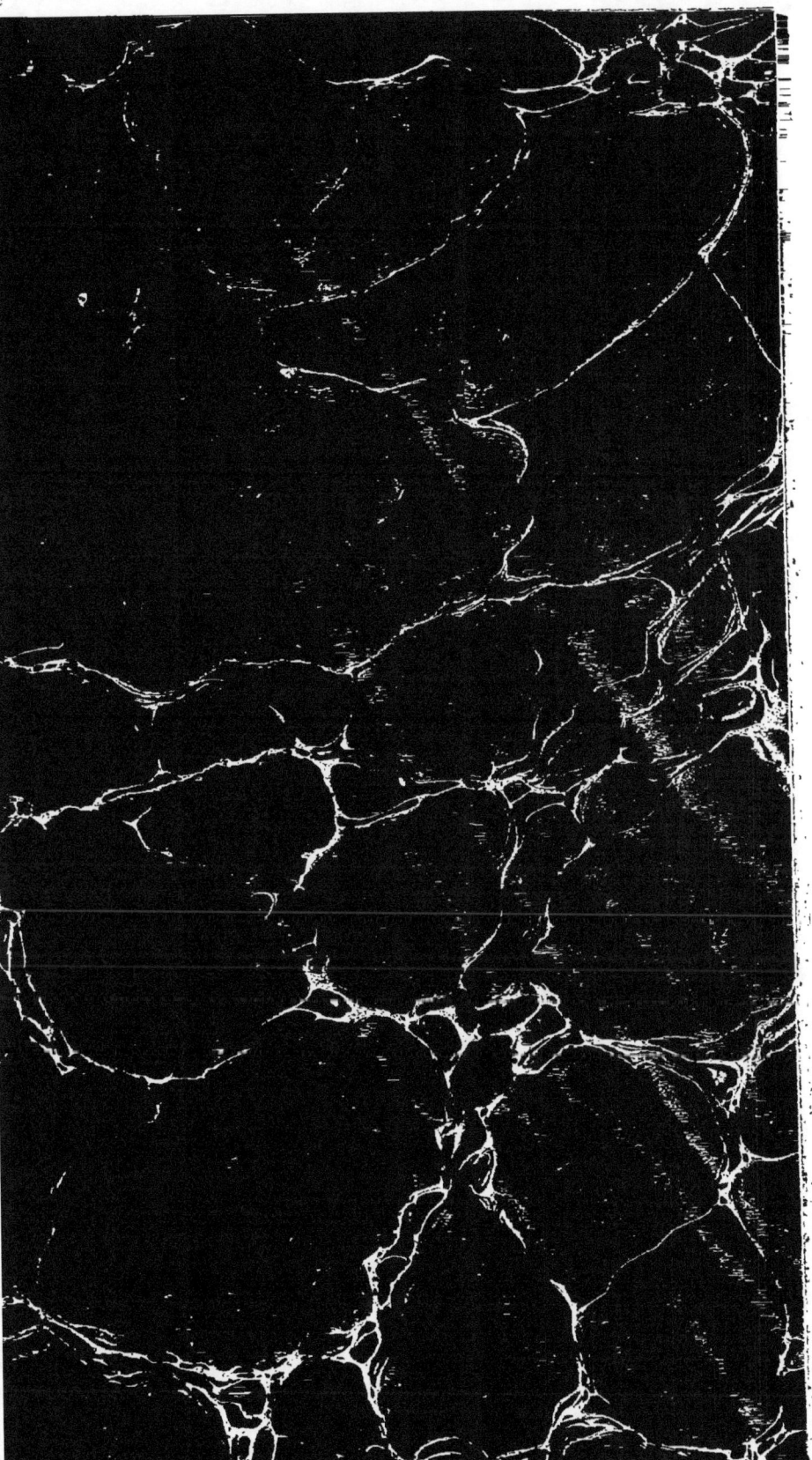

SOUVENIRS

DU

FORESTIER.

AMIENS, IMP. DE E. YVERT,
32, RUE DES SERGENS.

SOUVENIRS

DU

FORESTIER,

Par le Baron d'Ordre,

MEMBRE DE PLUSIEURS ACADÉMIES,

AUTEUR DES CHANTS D'AMOUR ET DE FIDÉLITÉ, DES DERNIÈRES
INSPIRATIONS DU BARDE, ETC.

> Beaux arbres qui m'avez vu naître
> Bientôt vous me verrez mourir.
>
> CHAULIEU.

PARIS,

CHEZ HIVERT, LIBRAIRE,

QUAI DES AUGUSTINS, 55.

1840.

AVANT-PROPOS.

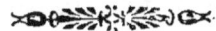

Plusieurs journaux, en rendant compte des *dernières Inspirations du Barde*, avec cette bienveillance qu'ils n'ont cessé de montrer à l'auteur des *Chants d'amour et de fidélité*, lui ont dit : « Ce ne sont pas là vos dernières ins-
» pirations ; non, vous ne tiendrez pas la pa-
» role que vous semblez donner, vous ne bri-
» serez pas les cordes de votre lyre. »

Que devait faire le poète encouragé par des témoignages si flatteurs et si honorables?.... composer de nouveaux vers?... Il en était devenu incapable : son imagination s'était éteinte en même temps que sa santé s'était affaiblie, moins encore par l'âge que par les maladies et les infirmités. C'est pourquoi ne pouvant plus rien faire, il a tiré de son porte-feuille plusieurs pièces de vers qui y étaient déposés depuis long-temps, et, en les rassemblant, il a formé le recueil qu'il fait paraître aujourd'hui sous le titre de *Souvenirs du Forestier.*

L'auteur, en intitulant ainsi ces poésies, a voulu rappeler l'époque où, pour la plupart, elles ont été composées, et aussi le souvenir des quinze années qu'il peut compter au nombre de celles qui ont été les plus heureuses d'une vie autrefois agitée. Il était dans la force de l'âge, satisfait de son sort, partageant ses loisirs entre des occupations de son choix et le culte des muses. Mais ce qui surtout lui rend si cher le souvenir de ces années de paix et de bonheur, c'est qu'alors il avait conservé le plus ancien ami de son enfance, son père, le mentor de sa jeunesse, avec qui il a parcouru huit ans la terre d'exil ; c'est qu'alors il avait conservé celle qu'il nommait sa tante, qu'à tant de titres il aurait pu nommer sa mère (1), cette femme aussi distinguée par sa piété que par son esprit, à qui ses fables charmantes assurent une place au rang de nos meilleurs fabulistes et presque à côté de Lafontaine ; c'est

(1) Mademoiselle d'Ordre.

qu'alors il avait conservé le fils de la sœur de sa femme (1), ce jeune homme si intéressant, doué des plus belles qualités, sur qui il avait placé tant d'espérances ; c'est qu'alors il avait conservé la respectable mère de sa fidèle compagne (2), cette femme si pieuse, si bonne, qui avait quitté pour toujours l'heureuse terre de l'Helvétie afin de se rapprocher de ses deux filles chéries (3). Hélas ! quand on devient vieux on se voit enlever successivement tous les objets des premières affections qui nous

(1) M. Louis Bresson, élève de l'école forestière de Nancy.

(2) Madame Moser, née Wasmer.

(3) Madame la baronne d'Ordre et Madame Bresson.

attachaient à la vie et que rien ne peut rem-
placer; le monde se désenchante et devient
pour le vieillard un désert où de nouvelles
amitiés lui offrent encore par fois, mais à de
rares intervalles, quelques frais oasis où le
cœur se plaît à pouvoir se reposer.

Quelques-unes des pièces de ce recueil ont
été lues à des séances publiques de diverses
sociétés littéraires dont l'auteur est membre,
et elles ont paru dans les mémoires annuels
qu'elles publient, ce qu'il a cru devoir rappeler, en indiquant les dates, parce que plusieurs de ces pièces, particulièrement les sati-
res, sont empreintes de la couleur des temps
où elles ont été composées.

La dernière pièce que contient ce volume
est un appel en faveur de la souscription ou-

verte pour la reconstruction de l'ancienne cathédrale de Boulogne-sur-Mer, à laquelle l'auteur a joint l'excellente traduction en vers anglais, qu'il doit à l'obligeance de M. Hoppner,
et il se plaît à saisir cette occasion pour dire
qu'étant sur la terre étrangère, à l'âge de dix-
sept ans, Il fit paraître à Londres une pièce de
vers intitulée : *Épître à mon Père* (1), et qu'il
dut ses premiers succès littéraires à la traduction en vers anglais qu'en donna M. Weeden
Butler, jeune poète, auteur de plusieurs ouvrages estimés. En rappelant ce souvenir après

(1) Voir le Gentleman's Magazine, february 1797.
     Le European Magazine, juin 1797.
     Le British Critick , May 1797.
     Le Monthly Review , juin 1797. etc.

tant d'années, l'auteur croit céder moins à la voix de la vanité qu'à celle de l'estime et de la reconnaissance envers un ancien ami que la mort lui a enlevé.

Plein d'amour pour la poésie qu'il a cultivée pendant plus de quarante ans, à laquelle bien jeune encore il a du des consolations aux jours de l'adversité et d'agréables distractions dans les années de souffrances, l'auteur dit aujourd'hui à sa muse un long et triste adieu. C'est ainsi que l'acteur forcé par l'âge ou les infirmités, de se retirer de la scène, salue pour la dernière fois un public qui a daigné l'accueillir avec bienveillance.

Château d'Ordre près Boulogne-sur-Mer, le 18 Décembre 1839.

Le Soldat Français

EN ÉGYPTE.

1

SOLDAT FRANÇAIS

EN ÉGYPTE.

« Songez que du haut de ces monumens quarante siècles vous contemplent ! »

Paroles de Bonaparte.

Affaiblis, non vaincus par de nouveaux revers,

Nos valeureux soldats traversaient les déserts

Où le fier Mameluc exerce sa puissance :

Un jeune et beau guerrier blessé d'un coup de lance,

Pressé de toutes parts, sans espoir, sans secours,

Combattait vaillamment pour défendre ses jours.

Sur les rives du Nil sa redoutable épée,

Dans le sang ennemi s'était souvent trempée ;

Mais aujourd'hui, le sort trahissant sa valeur,

Le livre sans défense au pouvoir du vainqueur :

Sanglant, percé de coups, épuisé, hors d'haleine,

Son coursier expirant dans sa chute l'entraîne.

L'épée en ce moment échappe de sa main ;

Il veut se relever et retombe soudain :

Son œil vif où brillait une flamme guerrière

S'éteint : l'infortuné ne voit plus la lumière.

Privé de mouvement, il vit ; mais il s'endort

D'un sommeil léthargique, image de la mort.

En ce moment l'Arabe, aux sons de la trompette,

S'éloigne en invoquant le nom du grand prophète,

De son coursier léger presse les flancs poudreux ,

Et laisse le guerrier à son sort malheureux.

La douleur le réveille : il ouvre la paupière ,

Et voit rouler au loin des torrens de poussière.

Il se retrouve seul : ô réveil plein d'horreur !

Un sombre désespoir s'empare de son cœur :

En efforts impuissans tantôt il se consume ,

Tantôt d'un nouveau feu son œil fier se rallume ,

Il s'écrie : « Oh ! pourquoi ne m'était-il permis

» De mourir en vainqueur sous les murs de Memphis ,

» Où les siècles debout du haut des pyramides

» Appelaient au combat nos soldats intrépides ,

» Après quatre mille ans de gloire et de splendeur ,

» Paraissaient applaudir les fils de la valeur ,

» Quand l'Égypte , attendant de nous sa délivrance ,

» Menaçait l'Ottoman du jour de la vengeance !

» Témoin de la victoire , oh ! ne pouvais-je encor

» Périr en combattant au pied du Mont-Thabor !

» Un trépas glorieux pour le brave a des charmes.

» Heureux , trois fois heureux ceux de mes frères d'armes

» Que la mort moissonna dans les champs d'Aboukir !

» Ne pouvais-je comme eux tomber, vaincre et mourir?

» Pourquoi le sort cruel épuisant sa furie ,

» Des portes de Gaza , des murs d'Alexandrie ,

» Où tout me promettait un trépas glorieux ,

» M'a-t-il sauvé deux fois pour périr en ces lieux ?

» Richesses , gloire , honneur , objets de notre envie ,

» Auxquels nous consacrons les beaux jours de la vie ,

» Dans ces affreux déserts devenus mon tombeau ,

» Ah ! vous êtes pour moi moins qu'une goutte d'eau !

» Quelle soif me consume et quel feu me dévore ?

» Prends pitié de mes maux, Dieu clément que j'implore...

» A les souffrir long-temps m'as-tu donc condamné ?

» La mort est un bienfait pour l'être abandonné.

» Je ne te verrai plus, ô France ! ô ma patrie !

» Pour la dernière fois, adieu, terre chérie !

» Fidèle compagnon de mes premiers exploits,

» Qui jadis, à travers et les champs et les bois,

» Aux joyeux sons du cor, dans ta course rapide,

» M'entraînais sur les pas de la biche timide,

» Tu ne porteras plus ton maître au point du jour,

» Le premier à la chasse, à la gloire, à l'amour ;

» Tu ne bondiras plus dans les gras pâturages ;

» Nous ne reverrons plus les fortunés rivages

» Que dans son cours la Seine arrose en serpentant !

» Ici, noble coursier, le trépas nous attend.

» Je ne reverrai plus le doux ciel de la France !

» Pour mes parens chéris , le jour de ma naissance ,

» Que naguère ils fêtaient pleins de joie et d'orgueil ,

» Va devenir un jour de douleur et de deuil.

» Ils ne recevront pas le prix de leur tendresse ;

» Je ne deviendrai pas l'appui de leur vieillesse :

» En les abandonnant j'ai trahi leur espoir ,

» Et le ciel me condamne à ne plus les revoir !

» Le sable du désert que le vent amoncelle ,

» Bientôt recouvrira ma dépouille mortelle :

» Pas un seul arbrisseau , pas une seule fleur ,

» N'en marquera la place au triste voyageur ,

» Quand il revient l'automne , avec son dromadaire ,

» Des champs de la Nubie aux campagnes du Caire.

» Je n'éveillerai pas les regrets , la pitié :

» Hélas ! on meurt deux fois quand on meurt oublié ! »

D'une plaine sans borne il parcourt l'étendue :

Un sable éblouissant étincelle à sa vue ;

Un immense horison fatigue ses regards ;

La terre desséchée offre de toutes parts

Des ossemens blanchis ; des rochers sans verdure

Où l'on n'entend jamais le ruisseau qui murmure,

Ni le zéphyr qui souffle à travers le rameau :

La nature sommeille en ce vaste tombeau.

Un ciel sec et brûlant : là , point d'eau , point d'ombrage ;

Pas un seul arbrisseau , ni gazon , ni feuillage ,

Une terre écorchée et des sables mouvans ,

Qu'échauffe le soleil de ses rayons ardens.

Il souffre les tourmens d'une soif dévorante ;

Sa langue se dessèche , et sa bouche brûlante

2

S'ouvre et s'efforce en vain d'aspirer la fraîcheur :

L'air, tout l'air qu'il respire est empreint de chaleur;

Le souffle de la mort enflamme son haleine

Et le feu dans son sang coule de veine en veine.

Le malheureux ! il sent succéder dans son cœur

La rage au désespoir, le calme à la fureur?...

C'en est fait!... quelques pleurs humectent sa paupière,

Et son œil pour toujours se ferme à la lumière.

Cette pièce a été lue à la séance publique de 1824 de la Société royale d'Arras, pour l'encouragement des sciences, des lettres et des arts.

(Inséré dans la feuille d'annonces de Boulongne-sur-Mer, du 23 octobre 1825, n°. 555.)

Le Triomphe de Molière

ou

La représentation du Tartufe.

Le

TRIOMPHE DE MOLIÈRE

ou

La représentation du Tartufe.

Castigat ridendo mores.
SANTEUIL.

LE théâtre français était à sa naissance

L'école du scandale où siégait l'ignorance :

Des scènes sans intrigue, un dénouement sans art,

Quelques bons mots grossiers et jetés au hasard,

Des vers d'où la décence était souvent bannie,

Tenaient lieu de gaîté, de talent, de génie ;

Lorsque Thalie, enfin, lasse de tant d'excès,

S'écrie, en rougissant de ses honteux succès :

« Aujourd'hui méritons un plus noble suffrage ;

» En corrigeant les mœurs faisons rire le sage,

» Rappelons les beaux jours du théâtre latin. »

Molière, à ce discours, chausse le brodequin ;

Sur la scène étonnée, intrépide, il s'avance :

La gaîté, la raison, le goût et la décence

Ont dicté ses écrits pleins de verve et de feu,

Et règlent son maintien et son ton et son jeu.

« Bravo! crie un vieillard d'une voix prophétique,

» Voilà le vrai talent, voilà le vrai comique !

» Jeune homme, poursuivez un début si flatteur ! »

Tout le monde applaudit et la pièce et l'auteur.

Ton triomphe, Molière, a réveillé l'envie;

Bientôt tous ses venins empoisonnent ta vie :

Déjà, pour t'écraser, accourent à sa voix

Tous ceux que ta censure a réduits aux abois :

Le marquis entiché d'une haute naissance ;

Le charlatan bouffi de vent et d'arrogance,

Qui graces à sa robe, avec impunité,

Assassine, en latin, le malade alité ;

Le bourgeois orgueilleux qui veut trancher du prince,

Le pauvre gentilhomme arrivé de province,

Qui, voulant une épouse, en cherche une à Paris,

Et va grossir l'état des malheureux maris ;

La coquette, la prude et la femme savante,

Et l'avare dont l'or par l'usure s'augmente,

Dirigent contre toi leurs efforts réunis.

Mais ce ce n'étaient point là tes plus grands ennemis,

Et quelque fut leur nombre à la cour, à la ville,

Tu remportas sur eux un triomphe facile.

Aimable philosophe, heureux pour ton repos,

Si, moins ami du vrai, dans tes hardis tableaux,

Tu n'eusses pas un jour attiré sur ta tête

De Tartufe irrité la terrible tempête.

Tandis que d'un grand roi tu charmais les loisirs,

Que d'un peuple éclairé tu faisais les plaisirs

Et que la renommée au temple de mémoire,

Inscrivait tes écrits, ton triomphe et ta gloire,

Fuyant de tant d'honneurs le dangereux écueil,

Tu recherchais la paix dans tes jardins d'Auteuil,

Verts bosquets, lieux chéris, aimable solitude !

C'est là que, te livrant aux charmes de l'étude,

Près d'un vieux marronnier, assis au bord de l'eau,

Tu méditais le plan d'un chef-d'œuvre nouveau ;

C'est là que tu traçais tant de portraits fidèles

Dont Paris et la cour te montraient les modèles.

Là, du jeune Baron habile instituteur,

Tu formais à ton art cet immortel acteur.

Celui que ses talens appelaient sur la scène,

En toi trouvait toujours un Mentor, un Mécène ;

Et, quand dans le malheur il s'offrait à tes yeux,

Tu répandais sur lui des secours généreux.

J'aime à t'accompagner dans ta douce retraite

Où je retrouve l'homme à côté du poète.

Il me semble te voir assis sous un berceau,

Près du joyeux Chapelle et du sage Boileau,

Admirer ses beaux vers composés avec peine,

Pleurer avec Racine, embrasser Lafontaine,

Et lire à tes amis ces écrits enchanteurs,

Où se peignent si bien nos vices et nos mœurs.

Mais il faut fuir ces lieux que ton cœur idolâtre

Quand l'ordre de Louis te rappelle au théâtre,

Au théâtre où la mort te frappe de son dard

Lorsqu'on croyait ne voir qu'un effet de ton art.

Aux applaudissemens soudain l'effroi succède ;

On entoure Esculape, on invoque son aide.....

C'en est fait !... ô surprise ! ô douleur ! ô regrets !

Les lauriers sur ton front se changent en cyprès...

Tu succombes, Molière, au milieu de ta gloire !

Après un si grand deuil, hélas ! qui pourrait croire

Que ce peuple inconstant, pour prix de tes travaux,

Voulût te refuser l'asile des tombeaux !

O Molière ! ô vrai sage, ami du vrai mérite,

Ton regard pénétrant démasqua l'hypocrite :

Les Tartufes du jour, en tous lieux reconnus,

Sous leurs pieux manteaux ne se cachèrent plus.

Elvire, en badinant, a dévoilé la ruse ;

Orgon rougit et gronde en voyant qu'on l'abuse,

Et madame Pernelle, oracle du logis,

A chasser le perfide encourage son fils.

Quand la France applaudit à ton rare génie

L'hypocrite sur toi verse la calomnie,

De tes succès brillans il interrompt le cours,

De fiel et d'amertume il abreuve tes jours,

Excitant des dévots la haine et la colère,

Il attaque ta foi, tes mœurs, ton caractère;

Près du pieux monarque il se glisse en rampant,

Et tente pour te perdre un effort impuissant;

C'est en vain chaque jour qu'il dresse un nouveau piége.

Louis désabusé, d'un regard te protège;

La raison, à ta voix, gagne enfin son procès,

Et la religion sourit à tes succès.

La noire hypocrisie en vain combat encore:

D'un jour pur et serein tu vois naître l'aurore.

Oui, Molière, c'est toi dont le rare talent

Instruisit, corrigea ce siècle si brillant ;

Bien loin derrière toi laissant Plaute et Térence,

Tu sus à tous les tons plier ton éloquence ;

Peintre du cœur humain, génie original,

Parmi tes envieux tu n'eus pas un rival.

(Inséré dans la feuille d'annonces de Boulogne-sur-Mer, du 10 novembre 1825, n°. 585.)

LA

COUR DE LA MORT.

LA

Cour de la Mort.

The painful family of Death ,
More hideous than their queen.

GRAY.

LA Mort , sombre monarque , ayant voulu jadis

Nommer premier ministre un de ses favoris ,

4

Fit venir à sa cour du fond de ses domaines

Le cortége hideux des misères humaines;

Tous les maux, les douleurs et les tourmens cruels

Auxquels sont condamnés les malheureux mortels;

Désirant n'accorder cette faveur insigne

Qu'à celui reconnu pour être le plus digne.

Jaloux de mériter un si glorieux choix,

Chacun parle à son tour et fait valoir ses droits :

La Fièvre au pouls rebelle, à la marche inégale,

Montre son corps débile et son visage pâle;

La Goutte aux doigts crochus, aux genoux paresseux,

S'avance en s'appuyant sur un bâton noueux;

Elle excelle dans l'art d'infliger la torture.

La Consomption dit qu'elle est lente, mais sûre;

L'Hydropisie étale un ventre rempli d'eau,

Haletant sous le poids de son pesant fardeau,

L'Asthme arrive en toussant et, respirant à peine,

Comme du fond d'un puits retire son haleine :

Son silence éloquent est plus fort qu'un discours ;

La Colique et la Pierre appellent au secours ;

La Peste fait valoir son pouvoir homicide,

Combien ses coups sont prompts et sa marche rapide ;

Et la Paralysie aux bords du monument

Traine un corps sans vigueur privé de mouvement.

Qui fait le plus de mal a le plus de mérite :

Chacun veut l'emporter, on s'échauffe, on s'irrite,

Et, tandis qu'on se livre à de bruyans débats,

Les portes du palais s'ouvrent avec fracas.

Une femme fardée entre avec arrogance ;

En face de la mort elle rit , chante et danse :

Tout le sombre manoir retentit à la fois

Du bruit des instrumens et du son de sa voix.

Son cortége est formé de filles agaçantes ,

De joyeux baladins et de jeunes bacchantes

Qui laissent entrevoir leurs appas demi-nus ,

Par une simple gaze à peine retenus.

Elle parle en ces mots , en jetant autour d'elle

Des regards libertins où l'amour étincelle :

« Courtisans de la mort , silence ! écoutez moi ;

» Seule je puis prétendre à mériter l'emploi :

» Infirmités et maux qui désolez la terre ,

» Vous êtes mes enfans ! embrassez votre mère !

» Si de la vie humaine empoisonnant le cours ,

» De l'homme qui se plaint vous abrégez les jours ,

» Si vous rendez si dur son court pélerinage,

» J'en réclame l'honneur, enfans, c'est mon ouvrage. »

Le monarque applaudit avec un rire affreux.

Parmi les concurrens son choix n'est plus douteux ;

Pour son premier ministre ayant la présidence

Sa majesté la Mort nomme l'Intempérance.

Ces vers sont imités de l'anglais, d'un morceau en prose par
M. Dodsley. Il a été imité par Florian, dans le recueil de ses fables.

L'AMITIÉ.

L'Amitié.

Du ciel alors daignant descendre
L'amitié vint à mon secours.

VOLTAIRE.

TOI, divine amitié, premier besoin de l'ame,

Source de plaisirs purs, ô douce et vive flamme,

Viens régner dans mes vers ainsi que dans mon cœur !

Pour séduire Corine, un poète enchanteur

Répète des leçons que lui dictent les grâces ;

D'un cœur indifférent il sait fondre les glaces ;

5

Mais il était heureux quand il chantait l'amour :

Rêve de la jeunesse, aurore d'un beau jour,

Avec les jeux, les ris, l'aimable dieu s'envole,

Et quand l'amour nous fuit l'amitié nous console ;

Elle sème de fleurs le chemin de la mort,

Quand la nef agitée arrive près du port ;

Elle adoucit nos maux, dissipe nos alarmes ;

En la voyant pleurer nous essuyons nos larmes :

Le vieillard accablé sous le fardeau des ans,

Entouré de ses fils, se croit dans son printemps :

Leurs travaux, leurs plaisirs, leurs soins, tout l'intéresse ;

Et du bonheur encore il savoure l'ivresse.

Bienfaisante amitié, qui n'a connu tes droits !

De l'homme jeune encor viens éclairer le choix

A cet âge innocent où , crédule et sincère ,

Il est né pour sentir , pour aimer et pour plaire.

Amitié , dans son cœur n'attends pas pour germer ,

Qu'un monde faux et vain déjà l'ait su charmer.

Toi qui veux un ami , prends la vertu pour guide ,

N'écoute point l'orgueil et l'intérêt perfide :

Qu'ils rampent chez les grands ces vils adulateurs ,

Du saint nom d'amitié lâches profanateurs ,

Au prix de leur franchise achetant des entraves !

L'amitié ne veut point de maîtres ni d'esclaves.

Il est si doux d'aimer , surtout dans le malheur.

Des plus sombres cachots perçons la profondeur ;

Voyons l'être isolé que la douleur énerve ;

De l'insecte hideux qui défia Minerve

Il se fait un ami, des hommes oublié,

D'une araignée encore il cherchè l'amitié.

Ce sentiment si beau surtout germe à cet âge,

Facile à s'enflammer, crédule, un peu volage,

Où la prudence, hélas ! si prompte à s'alarmer,

N'a point encor flétri le cœur né pour aimer.

Ah ! qui pourrait jamais avec indifférence

Revoir dans ses vieux ans l'ami de son enfance,

Celui qui partagea ses études, ses jeux ?

Le temps qui détruit tout, resserre encor ces nœuds ;

A leur pouvoir sacré tout, jusqu'au dieu Mars, cède.

Je vous prends à témoins, ô vaillant Diomède !

O généreux Glaucus , quand , le fer à la main ,

Sous les murs d'Ilion vous ouvrant un chemin ,

Tels que deux tourbillons qu'un vent contraire agite ,

L'un vers l'autre soudain le sort vous précipite ,

Soudain retient vos coups , et dans son ennemi ,

O surprise ! ô transports ! montre un ancien ami...

Dans leur jeune âge exempts de troubles et d'alarmes ,

De l'amitié leurs cœurs avaient connu les charmes ;

Long-temps un même toit les avait vu jouir

Des douceurs de l'enfance : un tendre souvenir

Leur rappèle ces jours de paix et d'innocence ;

En se reconnaissant tous deux jettent la lance ,

S'embrassent tendrement , maudissent les combats ,

Regrettant leur enfance et ses jeux pleins d'appas :

Forcés de se quitter , ils échangent leurs armes ,

Aux malheurs de la guerre accordent quelques larmes ;

Pour son ami chacun implore tous les dieux ,

Et vole au loin répandre un sang moins précieux.

Souvent l'être qui sent instruit l'être qui pense ,

Vainqueur de Troyc , Ulysse en fit l'expérience :

Le temps et les malheurs avaient changé ses traits ;

Il revient étranger dans son propre palais ;

Et Pénélope aussi ne peut le reconnaître !

Quand un fidèle chien , favori de son maître ,

Accablé de douleurs , de vieillesse et d'ennui ,

Dans un coin du palais oublié comme lui ,

Et comme lui du sort accusant l'inconstance ,

L'entend et l'aperçoit après vingt ans d'absence !

Il fait pour se lever un effort impuissant ,

Le fixe , et meurt de joie en le reconnaissant.

Médite, observe l'homme. Ah ! trop souvent peut-être,

J'apprends à le haïr en voulant le connaître ;

Si de ce cœur banal je sonde les replis ,

J'y vois la trahison à côté du souris.

Sur nos moindres défauts qu'un ami nous éclaire ;

Un ami véritable est un censeur austère :

Présent, qu'il te censure ; et qu'il te loue absent.

Évite , fuis toujours ce flatteur complaisant

Qui veut ton amitié sans vouloir ton estime.

Je méprise encor plus ce cœur pusillanime

Qui n'ose me défendre et craint de me venger :

Outrager mon ami c'est plus que m'outrager !

Tel qu'un pilote habile, instruit par les naufrages,

Juge et prédit le temps à l'aspect des nuages,

Tel, avec beaucoup d'art, un œil observateur

Sur nos mobiles traits sait lire au fond du cœur.

La main de l'Éternel, avec des traits de flamme,

A gravé sur le front les passions de l'ame ;

D'imperceptibles nerfs, d'admirables ressorts

Font agir à la fois nos ames et nos corps :

Rien ne peut arrêter leur céleste harmonie.

Par d'inutiles soins tu penses Virginie,

Dérober à nos yeux les ravages du temps :

Sur ton front sillonné je lis tes soixante ans ;

Sur ce front, malgré toi, je lis sans plus de peine

Le mensonge, l'orgueil, la colère ou la haine.

Comme on voit dans un champ qui n'est plus inondé

Les traces du torrent qui s'était débordé,

Ainsi sur un front calme , après plus d'un orage ,

Des passions encore on reconnaît l'outrage.

Un art si difficile est quelquefois trompeur ;

Et Lavater lui-même est dupe de son cœur.

Mais n'allons pas atteints du spline et de la bile ,

Suivre dans ses écarts le précepteur d'Émile :

Il se croit sans appui , méprisé , malheureux ,

Il refuse les dons d'un prince généreux.

Ébloui de l'éclat d'un généreux système ,

L'égoïste ! il voudrait tout devoir à lui-même !

D'un bienfaiteur sensible il repousse l'accueil ;

A la reconnaissance il oppose l'orgueil ;

Dans ses sombres accès le malheureux ignore

Que la reconnaissance est un bienfait encore !

Que ton ami soit ferme, éclairé, vertueux :

Je sais qu'il est aussi certains accords heureux

D'âge, même de rang, surtout de caractère.

Ce vieillard soupçonneux, grondeur, jaloux, sévère,

D'un regard envieux accusant le plaisir,

Dont l'âge qu'il maudit lui défend de jouir,

Peut-il être l'ami de l'ardente jeunesse?

Quand elle est douce, aimable, oh! combien la vieillesse

Sur le cœur a d'empire! oui, je crois voir encor

Télémaque obéir aux ordres de Mentor;

Et soudain, aux accens de sa voix éloquente,

Quitter une déesse et bien plus, une amante!

Heureux qui d'un vieillard peut se faire un ami!

Par l'âge et les malheurs son esprit affermi,

Quand l'horizon est clair de loin prévoit l'orage,

Découvre les écueils, soutient notre courage,

A nos vœux inconstans laisse entrevoir le port ;

C'est Minerve, avec elle on triomphe du sort.

La femme est plus sensible... ah ! ce sexe adorable,

Dans l'âge des amours, sans devenir coupable

Ne saurait-il ouvrir son cœur à l'amitié ?

Un sentiment plus vif peut-il être oublié ?

D'une jeune beauté l'ami fidèle et tendre

Est un amant discret qui cherche à la surprendre,

Qui, plein d'un doux espoir, invente ce détour,

Et laisse agir le temps, le hasard et l'amour ;

C'est ainsi qu'Abailard séduisait Héloïse.

Sexe charmant, craignez la ruse et la surprise !

Quelquefois le serpent est caché sous la fleur :

En amour comme en guerre on pardonne au trompeur.

Que ne peut l'amitié sur les ames sublimes !

J'aime à me rappeler ces héros magnanimes,

Modèles des amis ainsi que des guerriers.

Achille sur son char, le front ceint de lauriers,

Faisant fuir devant lui les phalanges de Troye,

Me touche moins qu'Achille à la douleur en proie,

Dans sa tente, pleurant près de Patrocle mort,

Eh ! quel cœur assez froid pour parler sans transport

Des enfans de Léda, héros, amis et frères,

Qui surent de la mort braver les lois sévères,

En obtenant des dieux, rare exemple d'amour !

De vivre l'un pour l'autre et mourir tour-à-tour ?

Que des héros amis le souvenir me flatte !

Et le pieux Énée et le prudent Achate,

Et le tendre Euriale et le jeune Nisus,

L'intrépide Thésée ! et toi, Pirithoüs,

Vous Oreste et Pilade, exemple de tendresse !

Mais quittons les héros de Rome et de la Grèce ;

Français, n'avons-nous pas les Gastons, les Bayards,

Les Sullis, les Henris, ces fiers enfans de Mars,

Et tant d'autres encor dont les noms pleins de gloire

Rappèlent l'amitié, l'honneur et la victoire ?

L'auteur a composé cette pièce en Angleterre, à l'âge de dix-neuf ans ; elle a paru, en France, pour la première fois, dans la feuille d'annonces de Boulogne-sur-Mer, du 25 décembre 1825, n°. 569.

La Caserne.

LA CASERNE.

A MON PÈRE.

At mihi jam puero cœlestia sacra
placebant.

Ovid.

De mes pensers premier dépositaire,

Mon confident, mon mentor et mon père,

Pour te chanter, à peine à mon printemps,

Au dieu des vers je brûlai mon encens :

7

Jeune exilé sur un lointain rivage,

Je t'adressai le tribut de mes chants (1)

Tu voulus bien sourire à mon ouvrage ,

Encourager mes timides accens.

Depuis long-temps , déserteur du Permesse ,

J'avais pour Mars quitté les doctes sœurs ;

Mais aujourd'hui , m'accusant de paresse ,

Pour t'obéir j'acquitte ma promesse ,

Et j'ose encore implorer leurs faveurs.

J'ai grande peur de les trouver rebelles :

Une caserne est un vilain séjour

Pour y loger de chastes immortelles ;

(1) Épître à mon père , imprimée à Londres en 1797.

En rougissant, je le dis sans détour :

Jamais ici l'on a vu de pucelles ;

Mais un essaim de vénales beautés.

Y laissent voir leurs appas effrontés,

Vers nos guerriers tournent leurs yeux perfides,

Que de Renauds vaincus par ces Armides !

Mais ne crains pas leurs filets pour ton fils ;

Il ne suit point ces sirènes avides ;

Il fuit l'écueil, docile à tes avis :

Un sage père est le meilleur des guides.

Je voudrais bien te peindre mon réduit ;

Dans ce dessein ma muse s'enhardit.

Jadis Gresset, dans une veine heureuse,

En vers charmans a chanté la Chartreuse.

Ah ! que ne puis-je emprunter son esprit

Pour célébrer le manoir que j'habite,

Où je suis seul le jour comme la nuit,

Où je reçois pour unique visite

Le caporal qui me rend l'ordre écrit.

Il faut songer quand on est dans un gîte :

Bien mieux que moi Lafontaine l'a dit.

Que je bâtis de châteaux en Espagne !

Poète, amant et guerrier tour à-tour,

Rêvant la gloire et la guerre et l'amour ;

Toujours heureux, le succès m'accompagne,

Libre de soins, éloigné de la cour,

Je me transporte au fond d'une campagne,

Là, je choisis au pied d'une montagne,

Près de la mer , un modeste séjour

Que j'embellis pour ma douce compagne...

Dieu de Cythère , ah ! quand viendra ce jour !...

En attendant , il faut que je décrive

Les lieux où Mars ordonne que je vive ;

J'en veux offrir quelques échantillons.

Près d'un canal qui coupe l'esplanade

De la caserne est la longue façade ;

Là , sont logés jusqu'à trois bataillons ;

Pour moi , j'habite un des deux pavillons :

Leur symétrie et leur forme correcte

Font grand honneur au goût de l'architecte ;

On y voudrait et l'on y cherche en vain

Des ornemens, de l'art et du dessin.

C'est dire assez de la partie externe ;

Hâtons-nous donc de chanter la caserne,

Le corridor, l'escalier tortueux :

Quand on le monte en un temps nébuleux,

On doit toujours s'armer d'une lanterne

Pour éviter quelqu'accident fâcheux.

A son lever l'astre de la lumière

De ses rayons éclaire mon logis ;

Quand le matin j'entr'ouvre ma paupière,

Depuis une heure il dore mes lambris :

Ce sont des murs modestement blanchis.

Le jour m'arrive à travers deux croisées,

Par une porte Éole s'introduit.

Dans mon salon j'ai trois chaises brisées,

Un vieux buffet, une table et mon lit.

Il faut qu'un saint pour faire pénitence,

Pour réprimer un penchant séducteur,

De cette couche ait réglé l'ordonnance.

Ce saint, sans doute, était un grand pécheur,

Si l'on en doit juger sur l'apparence.

Mais j'y jouis des douceurs du sommeil,

J'y dors en paix sans que rien ne m'agite :

Sur le duvet, ah ! plus d'un sybarite

Au bon Morphée en demande un pareil.

Le soir je forme au gré de mon caprice,

Sur deux chenets, un modeste édifice

De ces gazons desséchés au soleil ;

En regardant la flamme qui s'élève,

Je versifie, ou je lis ou je rêve ;

Point de facheux n'assiégent mon réduit :

C'est pour moi seul que mon feu brûle et luit.

Quand le tambour et deux coups de baguette

A la caserne annonce la retraite,

Au crépuscule, avant que le major

Ait du quartier barricadé les portes,

Sur l'esplanade on aperçoit encor

De nos héros les oisives cohortes ;

Comme en un champ, vers le déclin du jour,

Près d'un bosquet, quand le tonnerre gronde,

De mille oiseaux la troupe vagabonde

En voltigeant retourne à son séjour.

Un doux penchant vers le hameau m'entraine,

Sans m'en douter, chaque objet m'y ramène.

Asile heureux d'innocence et de paix !

Soyez toujours l'objet de mes souhaits,

Quand le devoir à Bellone m'enchaîne.

Je n'irai point, sur Pégase monté,

Vouloir chanter : croisez la baïonnette,

Le maniement, la charge à volonté ;

Bourrez deux coups, remettez la baguette ;

Prenez cartouche, amorcez ; l'arme au bras ;

Demi-tour ; front ; marquez, changez le pas.

C'est un sujet nouveau pour un poète

De mettre en vers l'école du soldat.

8

C'est bien assez, pour acquitter ma dette,

Qu'il faille encore, apprenti Catinat,

Sur l'esplanade, aux champs, sur mon grabat,

Que chaque jour je la lise ou répète.

Mais qu'un signal nous appelle au combat,

Que l'ennemi menace notre côte,

Chacun de nous veut être un instructeur,

Chacun de nous à l'Anglais ravisseur

Veut rappeler les champs fameux d'Honscote,

Où des Français triompha la valeur.

Tandis que Mars éveille mon courage

Et me promet des lauriers à cueillir,

Des dieux plus doux qui protégent le sage,

O mon ami ! t'accordent en partage

Le don des vers, la paix et le loisir.

Chaque matin, en prudent capitaine,

Compte tes fruits, inspecte ton domaine,

Vois si la ronce et l'épine aux cent dards,

De tes enclos défendent les remparts;

Conduis ces eaux, inonde ces prairies;

A tes jardins, à tes champs, à tes bois,

Chef absolu donne à ton gré des lois;

Au pied du Mont, dans ces plaines fleuries,

Va promener tes doctes rêveries,

Près du ruisseau que baigne le vallon

Mets à profit les faveurs d'Apollon.

Il est bien temps de finir une épître

Digne du lieu qui lui donna le jour :

A l'indulgence elle aura plus d'un titre ;

Je suis de garde et j'ai pour tout pupitre ,

En t'écrivant , la caisse du tambour.

Cette pièce a été composée en 1807 , lorsque l'auteur , capitaine de grenadiers de la garde nationale , mise en activité , était en garnison à Dunkerque.

Ces vers ont été insérés dans la feuille d'annonces de Boulogne-sur-Mer , du 5 janvier 1826 , n°. 571.

L'AUDIENCE

d'un Ministre.

L'Audience

D'UN MINISTRE.

SATIRE.

In these ere triflers half their wish obtain,
The toiling pleasure sickens into pain.

GOLDSMITH.

MÉCONTENT de l'état où le ciel l'a placé,

L'homme aime à se nourrir d'un espoir insensé ;

Dans ses vastes desseins l'ambition l'égare,

Quand il croit s'élever il tombe comme Icare;

Il forme chaque jour quelque nouveau projet :

Obtient-il ce qu'il veut, il n'est point satisfait;

Il lui faut autre chose, il est toujours injuste :

Horace s'en plaignait dès le siècle d'Auguste.

Le juge porte envie aux palmes du guerrier,

Et celui-ci préfère au casque le mortier.

Le nautonnier en mer, battu par la tempête,

Ne demande qu'un lieu pour reposer sa tête;

A peine jouit-il des douceurs du repos,

Il lui tarde déjà d'aller braver les flots.

L'homme des champs lassé d'un sort doux et tranquille,

Quand le ciel lui sourit soupire après la ville;

Le bourgeois, ennuyé de ses plaisirs bruyans,

Pense que le bonheur ne se trouve qu'aux champs.

Mais tous sont convaincus dans le siècle où nous sommes,

Que l'or et les emplois font le bonheur des hommes.

Aussi combien de soins, de brigues, de débats!

Pour l'emploi le plus mince il est cent candidats.

Aujourd'hui le ministre accorde une audience,

Dans les cours, dans l'hôtel, partout quelle affluence!

Avant l'heure indiquée, on voit de tous côtés

Directeurs, conseillers, généraux, députés,

Rubans bleus, rouges, noirs, cordons, croix, épaulettes,

Du mérite ou du grade éclatans interprètes.

L'auteur, le courtisan, l'artiste, le bourgeois,

D'un immense salon garnissent les parois:

Chacun n'est occupé que de sa seule affaire,

Et rien autour de lui ne saurait le distraire.

Tandis que le ministre au fond d'un cabinet,

Médite pour l'état quelque sage projet

Qui doit tourner un jour au bonheur de la France,

Augmenter son crédit, sa gloire et sa puissance,

La douzième heure sonne : il se lève, et soudain,

Entre plein du projet dans le salon voisin.

Chacun avec respect se tient dans sa présence,

Il écoute, il répond d'un air de bienveillance :

On voit dans ses regards qu'il refuse à regret,

Et sans rien obtenir on s'en va satisfait.

Mais il ne donne pas d'espérances frivoles ;

Toujours la vérité préside à ses paroles.

En faveur d'un ministre il faut bien que le ciel

Ait fait de patience un don surnaturel,

Pour qu'il sorte vainqueur d'une pareille lutte !

Il semble qu'à l'envi chacun le persécute.

Que de vœux insensés et de prétentions

Se cachent dans les plis d'humbles pétitions !

Sous les noms de placet, de lettre ou de requête,

Chacun se croit permis de lui rompre la tête.

Pour établir des droits qu'il pense triomphans,

L'un cite ses aïeux et l'autre ses enfans.

L'un dit ce qu'il a fait ou ce qu'il voulait faire ;

Et l'autre est protégé de quelque dignitaire.

Arrêtons nos regards sur les solliciteurs,

D'âge et de rangs divers et de toutes couleurs ;

On les voit à l'envi, pressés par l'espérance,

Se pousser tour à-tour près de son excellence.

De ce vaste tableau rassemblons quelques traits

Pour faire une peinture et non point des portraits ;

Et, bien que l'audience aujourd'hui soit publique,

Il faut être discret et jamais satirique.

Un homme pâle et sec, l'air sombre et soucieux ;

S'approche le premier : — « Si je viens en ces lieux

» Près de votre excellence, excusez tant d'audace,

» Monseigneur, le motif me fera trouver grâce ;

» Je viens — venez au fait — avec soumission,

» Pour le bien du trésor et de la nation,

» Dans ce petit écrit, monseigneur, je propose.....

» —Que proposz-vous donc ?—Très-humblement j'expose

» Un projet de créer d'accord avec les lois

» Quelque nouvel impôt et de nouveaux emplois...

» Puis-je espérer ? — Jamais. Un tel projet m'irrite ;

» Vous n'êtes point Français ! — Je suis Israélite. »

Un homme gros et court, le front chauve et l'œil noir,

S'avance en souriant, rempli d'un doux espoir :

A son large jabot un solitaire brille :

« De grace, monseigneur, lisez cette apostille.

» Six loyaux députés au côté droit assis

» Attestent — oui, monsieur, qu'ils sont de vos amis...

» A quoi tendent vos vœux ?—J'espère une recette...

» — Vous êtes percepteur. — Non, mais je suis poëte.

» J'ai fait pour les Bourbons, des odes, des sonnets.

» Une scène lyrique et plus de cent couplets ;

» Sur le sacre du Roi je médite un poème.

» —Cela n'est pas assez. Avez-vous lu Barême ?

» —Barême ! non, jamais je n'ai vu cet auteur.

» — Sans connaître Barême on n'est pas receveur.

» J'estime les beaux-arts, les vers et les sciences ;

» Ils ont droit aux honneurs ainsi qu'aux récompenses.

» Vous pouvez espérer dans les bontés du Roi ;

» Mais jamais pour des vers n'attendez un emploi. »

Près de son excellence un vieillard le remplace,

Il tient force papiers : « Ah ! monseigneur, de grace,

» Sur cet humble placet daignez jeter les yeux.

» Lisez, vous y verrez ce qu'ont fait mes aïeux.

» Aucun n'a forligné depuis notre origine :

» Le premier fut blessé dans les champs de Bovine,

» Où Philippe applaudit la force de son bras :

» Le second à Pavie a trouvé le trépas ;

» Le troisième.—Arrêtez, monsieur, le temps me presse,

» A loisir je lirai vos titres de noblesse.

» — Monseigneur, le troisième était à Fontenoy.

» — Mais vous, qu'avez-vous fait pour la France et le Roi ?

» — Dans les temps désastreux je leur restai fidèle ;

» Au retour de Louis je déployai mon zèle :

» Je fis, le maire envain voulut m'en empêcher ,

» Flotter le drapeau blanc sur la croix du clocher.

» — Et que demandez-vous pour prix de vos services ?

» — J'ai fait depuis trente ans de rudes sacrifices ;

» Et mes fils quelque jour s'en trouveront fort mal :

» Monseigneur , nommez-moi receveur-général. »

Le ministre sourit. Un jeune homme s'élance ,

D'un pas précipité , d'un ton de confiance :

« Moi, je suis, monseigneur, exempt d'ambition ;

» J'aime les eaux , les bois : c'est une inspection ,

» L'objet de tous mes vœux , ma plus chère espérance.

» — Mais quelle inspection , monsieur ? — De préférence

» Celle... vers le ministre il s'avance d'un pas,

» Autour de lui regarde et la nomme tout bas.

» —Cette inspection là, monsieur, n'est point vacante.

» Ignorez-vous qu'il faut une raison puissante

» Pour déplacer un chef fidèle à son devoir ?

» —Dans sa mort, monseigneur, j'ai placé mon espoir :

» L'inspecteur des forêts, quoique le docteur dise,

» Me semble menacé d'une prochaine crise :

» Quand il verra jaunir le feuillage des bois,

» Il prendra son marteau pour la dernière fois.....

» Puis-je au moins espérer qu'alors votre excellence ?..

» — Attendez qu'il soit mort. » — Je prendrai patience.

S'inclinant jusqu'à terre, à ces mots l'aspirant

S'avance vers la porte et marche en reculant.

Gardons-nous d'oublier dans ce tableau fidèle

La femme surannée et qui , se croyant belle ,

Etale ses appas surchargés d'ornemens ,

Où brillent les rubis , l'or et les diamans ;

Qui de solliciter fait son unique affaire ,

Et se montre partout dans chaque ministère :

En faveur de parens , de voisins ou d'amis ,

Intrigue sans pudeur jusque chez les commis.

Le crédit qu'on lui croit a payé sa toilette.

Mais laissons à l'écart cette vieille coquette ,

Et regardons plutôt cette jeune beauté

Qui , d'un air de noblesse et de simplicité ,

S'avance , en rougissant , et timide avec grace ,

Pour un époux chéri sollicite une place.

10

L'audience finit : je quitte mes pinceaux.

Comment se rappeler tous les originaux

Qui passent tour-à-tour devant son excellence ,

Remettent leur supplique et font la révérence ?

Je pourrais aussi bien compter tous les lauriers

Dont s'ombrage le front de nos braves guerriers ,

Dire combien de fois sur la double colline

On applaudit aux vers de Boileau , de Racine ,

Ou compter les faveurs , les graces , les bienfaits ,

Que CHARLES dans un an répand sur ses sujets.

Cette pièce a été lue à la séance publique de la société d'agriculture, du commerce et des arts de Boulogne-sur-Mer , le 10 octobre
1825.

Insérée dans la feuille d'annonces de Boulogne-sur-Mer, du 20 octobre 1825 , n°. 559.

Les Frondeurs.

LES FRONDEURS,

Satire.

Difficile est satiram non scribere.

JUV.

Le bon vieux temps n'est plus ; hélas ! c'est bien dommage !

Chaque siècle à son tour tient le même langage.

L'homme dans ses desseins quand il est traversé

Accuse le présent et vante le passé ;

D'une peine oubliée il caresse l'image :

Un objet vu de loin souvent plaît davantage.

Dédaignant le bonheur dont il pourrait jouir ,

L'un vit dans le passé , l'autre dans l'avenir.

Regardez ce vieillard que sa famille honore :

Il fut long-temps heureux , il le serait encore ,

Quand pour bénir ses fils il élève la voix ,

S'il pouvait oublier qu'il fut jeune autrefois.

Il a de vieux amis , des livres. Pour le sage

Le ciel fait naître encor des plaisirs à tout âge.

Au délire des sens succède le repos ;

Il peut jouir en paix du fruit de ses travaux ;

L'aisance et l'amitié régnent dans son asile.

Tel que ce bon vieillard qu'a si bien peint Virgile ,

Il ne s'informe plus des querelles des rois,

Et se borne à soumettre un jardin à ses lois.

Orgon n'est pas ainsi : tout le blesse, l'irrite,

Et les morts à ses yeux ont seuls quelque mérite.

Dans l'État maintenant tout se fait de travers,

Lois, réglemens, arrêts, ouvrages, prose, vers ;

Il censure le roi, les chambres, les ministres,

Et ne voit dans le ciel que des signes sinistres ;

A l'en croire la France est au bord du cercueil.....

D'où vient ce noir accès ?... Hélas ! dans un fauteuil,

Le malheureux assis depuis une semaine

Les pieds sur des coussins et remuant à peine,

Est en proie à ce mal qu'on veut envain guérir,

La goutte... en la nommant, ouf ! je crois la sentir !

Savez-vous, quand il souffre, à quoi son esprit pense ?

Aux jours de la jeunesse, aux plaisirs de la danse,

Lorsque de vingt beautés recherché dans un bal,

Pour faire un entrechat il n'avait pas d'égal.

On vantait sa vigueur, ses graces, sa figure ;

Et vous vous étonnez qu'il gronde ou qu'il murmure !

Quand on juge, le vrai n'est guère de saison,

On consulte son cœur bien plus que la raison.

Tout rit dans l'avenir à l'ardente jeunesse :

Le présent lui déplaît ; elle poursuit sans cesse

Au bout de l'horizon quelque rêve nouveau :

Une charge à la cour, un grand nom, un château ;

Elle croit moissonner des lauriers à la guerre,

Des fleurs sur l'Hélicon, des myrtes à Cythère ;

Le pactole à son gré roule l'or de ses flots,

Et l'océan mugit sous ses riches vaisseaux.

Elle voit son espoir, trop tôt désabusée,

Monter, briller, s'éteindre ainsi qu'une fusée.

En frivoles pensers s'écoulent nos beaux jours :

On regrette sans cesse, on espère toujours ;

En but à la pitié, triste objet de l'envie,

Tant que l'ont ait atteint le terme de la vie.

Sainfal quitte à seize ans le séjour paternel,

Et songe que bientôt il sera colonel.

On le voit caresser sa moustache naissante,

Le colback lui sied bien, l'uniforme l'enchante ;

Il use le pavé de son sabre traînant :

Près des belles au bal il est entreprenant :

Brave, étourdi, léger, il demande la guerre,

Et blâme hautement le roi, le ministère,

Qui pensent que l'Europe a besoin de la paix

Et qu'assez de splendeur pare le nom français.

Il ne rêve partout que la gloire et les armes.

Si d'une mère en pleurs, si d'une amante en larmes,

La veille d'un combat, il voyait la douleur

De plus doux sentimens gouverneraient son cœur.

A peine est-il entré dans sa noble carrière,

Il voudrait qu'un ruban ornât sa boutonnière,

Afin, s'il se montrait en simple habit bourgeois,

Que le guerrier rendît le salut à sa croix.

Quel agréable son pour les fils de Bellone

Que le bruit cadencé de l'arme qui résonne !

Un temps, trois mouvemens.., il n'est rien de si beau !

C'est pour les obtenir que l'on marche au tombeau.

De ses seize quartiers Lise se montre fière :

Elle n'estime point la beauté roturière

Qui par son esprit brille et non par ses aïeux.

Voyez son maintien raide et son air dédaigneux.

Si près d'elle Chloé se montre à quelque fête,

Lise aussitôt s'éloigne en redressant la tête,

Et dit avec humeur : « Le beau bal ! le beau choix !

Des grisettes, des fils, des femmes de bourgeois ! »

Ce qui dans un salon et la vexe et l'afflige

C'est de voir pour Chloé que chacun la néglige.

Télémaque, il est vrai, d'un tendre amour épris,

Dédaignait Calypso pour la nymphe Eucharis.

Mais pourquoi lui citer le jeune Télémaque ?

Lise ne connaît pas le fils du roi d'Ithaque.

Bien qu'il fût beau, vaillant et par Mentor instruit,

Dans de vieux parchemins son nom n'est point écrit,

Et Lise doute fort , à moins de nouveaux titres ,

Qu'il eût droit d'être admis dans l'un des grands chapitres.

Tu dis que l'on était plus galant autrefois ,

Et que tu soumettais tous les cœurs à tes lois :

On vantait ton esprit , tes graces , tes caprices ;

De vieux adorateurs , des courtisans novices ,

Sans cesse t'entouraient le matin et le soir ;

On t'oublie aujourd'hui... Lise , prends ton miroir ;

N'accuse plus les mœurs , les hommes et le monde ,

Rien n'a changé que toi sur la machine ronde.

Ce riche fabricant au comptoir assidu ,

En quadruplant ses fonds dit que tout est perdu.

D'où lui vient son humeur?... Il craint que l'on augmente

Les octrois de la ville ou le droit de patente.

Envain vous hâtez-vous d'offrir à ses regards

Le tableau consolant du commerce et des arts,

La sage agriculture et l'active industrie

Partout fertilisant notre belle patrie,

Les cinq et trois pour cent, le crédit qui renaît,

La liberté ; n'importe, il n'est point satisfait.

Il faut contre le prince et la cour et la ville,

En toute occasion, qu'il exhale sa bile.

Depuis que ce plaideur a perdu son procès

Il blâme le barreau, la cour et ses arrêts.

« La chicane, dit-il, triomphe à l'audience,

» De la vieille coutume il faut doter la France ;

» Vive ! vive le temps de nos sages aïeux !

» On plaidait davantage et l'on jugeait bien mieux. »

Ce jeune homme échappé des bancs de son collége

Critique Girodet et blâme le Corrège ;

Méhul ne lui plaît pas, il dédaigne Mozart,

Trouve Blaze sans goût et Rossini sans art ;

A son avis Boileau n'avait ni feu ni verve,

Et La Harpe écrivait en dépit de Minerve ;

D'un ton dur et tranchant il décide sur tout,

Et s'érige à vingt ans en arbitre du goût.

Cléon se croit poète, un peu d'encens l'enivre,

Il travaille, il compose et met au jour un livre.

L'enfant de ses loisirs, hélas ! meurt en naissant ;

L'œil sombre, soucieux et le front pâlissant,

Il crie : « O temps ! ô mœurs ! le fauteuil des quarante,

» Que j'enviais jadis n'a plus rien qui me tente :

» A chaque élection je le vois profané ;

» Le mérite réel n'est jamais couronné ;

» Il n'est contre le faux ni barrière ni digue,

» On n'obtient de succès qu'autant que l'on intrigue. »

Je ne sais s'il a droit ou juge de travers ;

Mais l'on bâille à sa prose et l'on siffle ses vers.

Valère habite aux champs : retiré, loin du monde,

Vous croyez qu'il y vit dans une paix profonde ?

Détrompez-vous : il est misanthrope et railleur ;

Tout agite sa bile, aigrit sa noire humeur.

Inquiet, tourmenté, tel que feu monsieur Daube,

L'amour de disputer le réveille avant l'aube ;

Avec tous ses voisins las de se quereller,

Il leur écrit encor ne pouvant plus parler.

Avec le monde entier sans cesse il est en guerre ;

Il gronde son pasteur, il plaide avec son maire ;

Mécontent de lui-même, il n'est content de rien,

Et n'a pas un ami, si j'excepte son chien.

Verneuil approuvait tout quand il était en place :

Maintenant à ses yeux rien ne peut trouver grace ;

De ses vieux compagnons il déserte les bancs,

Et de ses ennemis il va grossir les rangs.

Il écrit, il imprime, et sa voix importune

En reproches descend du haut de la tribune ;

Il change de bannière, il abjure sa foi,

Et perd son royalisme en perdant son emploi.

De ces exemples-là que devons-nous conclure ?

Qu'il n'est rien de changé dans l'humaine nature ;

Que l'homme fut toujours ce qu'il est aujourd'hui,

Mécontent de son sort, jaloux du bien d'autrui :

Il aime à se nourrir de songes, de chimères ;

Il n'est pas plus méchant que l'ont été ses pères ;

Ses fils et ses neveux ne seront pas meilleurs,

Et le monde toujours sera plein de frondeurs.

Cette pièce a été lue à la séance publique de la société d'agriculture, du commerce et des arts de Boulogne-sur-Mer, le 9 juillet 1827.

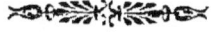

Les Classiques

ET LES ROMANTIQUES.

LES CLASSIQUES

ET LES ROMANTIQUES.

Satire.

Rien n'est beau que le vrai, le vrai seul est aimable.
BOILEAU.

Près d'en venir aux mains dans l'âge des lumières,

Les auteurs divisés marchent sous deux bannières ;

Ils s'avancent armés et de prose et de vers,

Et leurs cris menaçans font retentir les airs.

Les deux chefs ont donné le signal de la guerre.

Déjà plus d'un journal, ardent auxiliaire,

Parmi les combattans dans l'arène est entré,

Et s'est en leur faveur hautement déclaré.

Les uns, enfans perdus, combattent en cosaques,

Les autres avec art dirigent leurs attaques;

De jeunes bacheliers les uns doublent leurs rangs;

Les autres, moins nombreux, comptent des vétérans;

Les uns voudraient d'assaut emporter le Parnasse,

Les autres sont armés pour défendre la place :

Tous deux ont le mot d'ordre et redoublent d'effort,

L'un criant : « *frappez juste!* et l'autre : *frappez fort!* »

Le destin qui préside à l'honneur de la France,

Au temps, juge suprême, a remis la balance.

Muses, de ses arrêts on ne peut appeler :

Au pied de l'Hélicon pourquoi vous quereller ?

C'est envain qu'un auteur sur des raisons frivoles

Croit pouvoir prononcer entre les deux écoles ;

Chacune a son mérite ; il faut les réunir,

Et ne point critiquer ce qu'on doit applaudir.

Entre les deux partis, s'il faut que je m'explique,

Je siége au centre droit ainsi qu'en politique,

Je prêche l'union, la concorde et la paix.

Auteurs, soyez courtois, n'injuriez jamais ;

Gardez dans vos débats une sage mesure ;

Surtout point d'exclusifs dans la littérature !

Du noir séjour des morts , oh ! si l'on revenait ,

De quel air , de quel ton , Voltaire s'écrirait :

« Qui sont ces ignorans , ces grimauds du Parnasse ,

» Et ces Welches grossiers dont la stupide audace

» De Melpomène en pleurs renverse les autels ,

» Attaque impunément des auteurs immortels ,

» Dans ces lieux tant de fois témoins de leur victoire

» Où tout proclame encor leur génie et leur gloire ?

» O démence ! ô fureur ! qui le croira jamais ?

» Au dix-neuvième siècle on a vu des Français

» Se livrer sans pudeur à d'ignobles outrages ,

» De Corneille et Racine insulter les images ;

» Et Paris indigné ne se soulève pas

» Pour punir , pour venger de pareils attentats ! »

On ne reconnaît plus notre belle patrie ;

La France rétrograde aux temps de barbarie ,

Le génie est sans goût et le talent sans art :

On préfère à Boileau Dubartas et Ronsard ,

On déserte à l'envi Thalie et Melpomène

Pour applaudir Cartouche et Mandrin sur la scène ,

D'Andromaque et du Cid les touchantes douleurs

Au parterre blasé n'arrachent plus de pleurs ,

Il lui faut le gibet , le bourreau , la torture !

Voilà ce qu'on appelle aujourd'hui la nature !

Les drames les plus noirs sont sûrs d'être applaudis ,

L'empoisonneur Desrue enchante tout Paris.

L'auteur n'a plus besoin d'être éloquent , sublime ,

De mesurer un vers , de chercher une rime ,

Et d'être toujours noble avec simplicité.

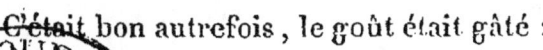
C'était bon autrefois , le goût était gâté :

Notre siècle produit merveille sur merveille.

A bas Molière ! à bas et Racine et Corneille !

Vous étiez applaudis de nos simples aïeux ;

Plus libres et plus fiers , nous savons faire mieux.

Rire ou pleurer : fi donc ! il faut que l'on étonne ,

Et que le spectateur d'épouvante frissonne.

Que dans leurs jugemens les Français sont chaugés !

Que Shakspire et Schiller ont été bien vengés !

On peut , des unités parfois rompant la chaîne ,

De la muse tragique étendre le domaine

Dès que l'on sait comme eux , toujours sûr d'attacher ,

Étonner , émouvoir , plaire , effrayer , toucher.

On les a vus en but aux traits de la satire :

Le Français blâmait seul ce que le monde admire ;

Il a changé de goût, de mode et de façons ,

Des régens du Parnasse oubliant les leçons.

Boileau limait les vers, sa muse était trop lente ;

Souvent il imitait ; aujourd'hui l'on invente ;

Chacun a du génie, et le plus mince auteur ;

Qui croit tenir du ciel le talent créateur ,

Se place fièrement au-dessus de la règle ,

Et libre dans son vol, il se compare à l'aigle ;

Loin des chemins suivis par ses vieux devanciers ,

Sur des bords inconnus il cherche des lauriers :

Ainsi le voyageur, qu'un désir vague égare ,

Quitte un port assuré pour une île barbare ,

A travers les écueils cherche un monde nouveau.

Sans l'art et sans le goût on ne fait rien de beau.

Qui veut s'en affranchir ?... le poète sans verve

Qui péniblement rime en dépit de Minerve.

Le talent à la règle aisément se soumet ;

On devrait la bénir n'eût-elle pour objet

Que d'arrêter l'essor de ces esprits timides

Qui ne peuvent voler sans soutiens et sans guides.

Un style égal et pur , exempt d'ambition ,

L'amour du vrai , le goût et la correction , ·

Heureux fruits du travail , distinguent le classique.

L'imagination , un ton mélancolique ,

Plus de variété , de force , de vigueur ,

Plus d'élévation et moins de profondeur ,

Semblent au romantique être échus en partage.

S'il était moins bizarre il plairait davantage.

Nourrissant dans son cœur l'amour du merveilleux ,

Rêveur , atrabilaire , il est capricieux ,

Il suit aveuglement le penchant qui l'entraîne ,

Et son génie altier ne souffre point de chaîne ;

Au travail, à l'étude, il se montre étranger :

C'est un enfant gâté qu'on craint de corriger.

Il se plaît dans les lieux qu'habite le mystère,

Il aime les brouillards, l'ouragan, le tonnerre,

Le torrent, l'avalanche et les sombres forêts

Où les rayons du jour ne pénètrent jamais ;

Sous ces antiques bois contemporains du monde

Il rêve au bruit lointain de la foudre qui gronde :

Les volcans, les rochers, les monts les plus déserts,

Sont les lieux qu'il choisit pour inspirer ses vers ;

Avec de noirs pensers et son mâle génie

La nature sauvage est plus en harmonie :

Le chant du rossignol si suave, si doux,

A pour lui moins d'attrait que le cri des hiboux.

Comme une ombre on le voit, promeneur solitaire,

Errer près des tombeaux lorsque la lune éclaire.

La nuit, un cimetière où la mort tient sa cour

Est pour le romantique un ravissant séjour :

C'est-là qu'avec transport il invente, il compose ;

Arrachant à l'amour sa couronne de rose,

Son arc toujours tendu, son carquois et ses traits,

Il ombrage son front d'un rameau de cyprès.

Le goût, juge éclairé, choisit, dispose, épure ;

Et, graces au travail, l'art n'est que la nature.

Sans le goût le génie est un présent fatal ;

Lui seul est son appui, son guide et son fanal.

Dans ses fougueux écarts une muse tudesque

A tort se croit sublime, elle n'est que burlesque.

Dans un Champ que Cérès enrichit de ses dons

On extirpe d'abord les ronces , les chardons ;

Dirigé par le goût un jardinier habile

Retranche d'un bel arbre une branche inutile ,

La serpette à la main , long-temps il le conduit ,

Et soigne le rameau qui doit porter du fruit :

L'art apprend au coursier à bondir avec grace ,

Il dirige à propos sa fougue et son audace ,

Et le noble animal déployant sa fierté

Semble , en obéissant , agir en liberté.

Tel est le jeune auteur : de sa muse féconde

C'est à l'art de guider la course vagabonde.

Se plaît-il à chanter les belles , les héros ,

Il faut au moyen-âge emprunter ses tableaux ,

Y puiser à son gré : ce siècle est poétique ,

C'est à lui d'inspirer la muse romantique.

Son histoire est féconde en sujets merveilleux ;

Tout s'y montre à travers un voile vaporeux.

Que j'aime les récits de nos vieilles chroniques !

Je me crois transporté dans les temps héroïques ;

J'assiste aux plaids d'amour, aux joutes, aux tournois

Où l'écharpe brodée est le prix des exploits.

C'est là que la beauté commande en suzeraine,

Que d'un regard furtif la jeune châtelaine

Applaudit à la grace ainsi qu'à la valeur

Du noble chevalier qui fait battre son cœur.

Je crois du vieux manoir voir encor la tourelle

Où soupira long-temps une épouse fidèle

Qui vient d'un œil avide épier chaque jour

La route que l'époux doit suivre à son retour.

Enfin il apparaît : tout couvert de poussière

Son beau coursier s'arrête ; on ouvre la barrière ,

Le pont-levis s'abaisse et , traversant la cour ,

Déjà le chevalier est au pied de la tour.

Je crois entendre au loin le cor et la trompette

Dont le son éclatant sous les murs se répète ,

Autour de la bannière appeler les vassaux.

Le soir , lorsque la lune éclaire les vitraux ,

Près d'un vaste foyer la famille assemblée

Charme par des récits l'heure de la veillée.

Le vaillant banneret revenu des lieux saints

Raconte ses combats contre les Sarrazins ;

En tournant son fuseau la jeune fille chante

La simple villanelle ou la douce sirvante ;

Plus d'un beau jouvencel à ses chants attentif

Lui jette , en rougissant , un regard fugitif ,

14

Et le bon chapelain, sans qu'on le lui demande,

Lit dans un livre usé la pieuse légende.

A ces simples récits pleins de naïveté,

Le classique sévère oppose avec fierté

Les riches fictions d'Homère et de Virgile;

De leurs beautés sans nombre admirateur servile,

Il craint de s'égarer dans un chemin nouveau

Où de l'antiquité ne luit pas le flambeau.

Séjour aimé des dieux, beau ciel de l'Italie,

O terre par les arts et l'amour embellie!

Sous vos myrtes fleuris et vos verts orangers

Il aime voir danser vos nymphes, vos bergers,

A suivre aux bords des eaux vos humides naïades ,

A rêver sous un chêne au bruit de vos cascades ,

Aux chants de Philomèle à joindre ses accens :

Le calme de la nuit a passé dans ses sens.

Il tire un son plus doux des accords de sa lyre.

Sans effort , sans travail , une muse l'inspire

Dans ces lieux où Virgile a chanté les moissons ,

Où de son art Ovide a donné des leçons ,

Où soupirait Tibulle , où l'ami de Mécène

S'enivrait de Falerne et d'eau de l'Hypocrène ,

Où Perse et Juvénal armés de traits vengeurs ,

Reprochaient aux Romains leurs travers et leurs mœurs.

Riche de tous les arts et de sa gloire antique ,

Des muses l'Italie est la terre classique.

La France à l'étranger ne doit rien envier :

Sur ses bords fortunés croît l'immortel laurier ;

Du génie et du goût c'est la terre chérie ;

Tous les genres de gloire illustrent ma patrie.

Molière , Lafontaine , et Racine et Boileau ,

Qu'on ne relit jamais sans un plaisir nouveau ,

Dont la perfection étonne et désespère

Ceux qui voudraient entrer dans la même carrière ,

De leurs sages avis s'éclairant tour-à-tour ,

Tandis qu'on les fêtait à la ville , à la cour ,

Furent toujours amis et leurs muses rivales

Ne connurent jamais l'envie et les cabales.

O vous, jeunes auteurs, qu'un astre bienfaisant

Fit sous un signe heureux, poètes en naissant,

Suivez de près les pas de ces guides fidèles,

Et, dans leur union, prenez-les pour modèles.

ÉPITRE

A M. VIENNET,

SUR LE GENRE ROMANTIQUE.

Épître

A M. VIENNET,

SUR LE GENRE ROMANTIQUE.

FAVORI d'Apollon , dont le mâle génie

En vers harmonieux combat la tyrannie ,

Quand ta muse indignée à l'aspect d'un aga

Chante le dévouement des héros de Parga ,

15

Qui, préférant l'exil au joug de nouveaux maîtres,

Brûlent sur un bûcher les os de leurs ancêtres ;

Ou bien, lorsque des Grecs célébrant les exploits

Ta muse en leur faveur veut armer tous les rois,

Et, prenant son essor sur les champs de l'Attique,

Réveille des guerriers la poussière héroïque,

Invoque tour-à-tour Athène et Marathon,

Le cœur de Miltiade et l'ame de Platon,

Que j'aime tes beaux vers ! deux fois dans la carrière

Ma muse a rencontré ta muse noble et fière :

Je ne recherchais pas un combat inégal,

Où toujours un triomphe attendait mon rival :

Mais, tandis qu'Apollon sur les bords de la Seine

Joignait à tes lauriers la couronne de chêne,

Sans connaître tes chants, plein des mêmes sujets,

Sur les bords de la mer, au milieu des forêts,

D'un peuple de héros rappelant la mémoire,

Je célébrais Parga, les Grecs et la victoire.

Mais aujourd'hui, Viennet, que changeant de pinceaux,

La satire t'invite à des succès nouveaux,

Et que tu viens, blâmant ce qui n'est point classique,

Condamner au mépris le genre romantique,

Frapper d'un vers mordant nos modernes auteurs,

Nous ne combattons plus sous les mêmes couleurs.

Ce qui sort de la règle à tes yeux est difforme;

Le beau me plaît partout quelle que soit sa forme;

Je ne consulte point là dessus nos aïeux :

« Tous les genres sont bons hors le genre ennuyeux. »

Un poète l'a dit, et je n'ai pas l'audace;

De vouloir démentir un maître du Parnasse.

A ses nombreux lecteurs dès qu'un ouvrage plaît,

Qu'il est comme un ami que l'on quitte à regret,

Qu'on aime à retrouver aux champs comme à la ville,

Son succès est certain en dépit de Zoïle.

Exempt des préjugés, en lisant un écrit,

Je prends mon cœur pour juge et non pas mon esprit;

Sans demander s'il tient à l'une ou l'autre école,

S'il est fait à Paris ou bien au bout du pôle;

Je condamne ou j'approuve avant de m'informer

Si l'auteur à la règle a su se conformer.

Quand le célèbre auteur dont l'Écosse s'honore

De son fécond cerveau fait chaque année éclore

Quelque nouveau roman où tout est vérité,

Que l'on reprend toujours après l'avoir quitté,

Qu'à Paris on traduit quand à Londre on l'imprime,

De ses brillans succès tu veux lui faire un crime?...

Dans le fond des forêts, au bord des noirs torrens,

Il aime à rassembler ses montagnards errans;

Là, tandis que la foudre éclate sur leurs têtes,

Il fait siffler les vents et mugir les tempêtes,

Voler l'aigle rapide au-dessus des rochers,

Et gémir le hibou dans quelques vieux clochers;

A travers les marais, les bois et les ruines,

Il conduit sans pitié ses douces héroïnes,

Vierges aux grands yeux bleus, à la touchante voix,

Qui de leurs fiers amans partagent les exploits.

Voilà bien, diras-tu, le genre romantique.

Mais voudrais-tu, Viennet, que pour être classique,

D'Homère et de Virgile empruntant les pinceaux,

De brillantes couleurs il chargeât ses tableaux,

Et qu'il peignît enfin au lieu de sa patrie

Les doux champs de la Grèce et le ciel d'Italie ?

S'il captive à son gré l'esprit de ses lecteurs ,

C'est qu'il se montre vrai dans le choix des couleurs.

Il ne vient point chanter sur l'aride bruyère

Le zéphyr caressant la rose printanière ;

Il ne transforme pas les torrens en ruisseaux ,

En timides bergers ses voleurs de troupeaux ,

L'épouse de Rob-Roy respirant le carnage ,

Sanglante , échevelée , en nymphe du bocage.

Faut-il donc qu'un auteur soit toujours gracieux ,

Qu'il emprunte à la Grèce et son ciel et ses dieux ?

Ne peut-il échapper aux traits de la critique

S'il ne parle toujours la langue poétique ?

Malheur à l'écrivain qui manque dans ses vers

De donner au soleil ses attributs divers ,

Aux folâtres zéphyrs leur amoureuse haleine ,

A la nuit ses pavots avec son char d'ébène ,

A la lune un croissant , à l'amour un bandeau !

Sans la mythologie il ne fait rien de beau ;

Envain sous ses lauriers il veut braver la foudre :

On crie au romantisme , et rien ne peut l'absoudre.

Eh quoi donc , la nature aurait perdu ses droits !

Elle serait pour nous sans langage et sans voix !

Le torrent écumeux que chaque obstacle irrite ,

Qui du haut des rochers tombe et se précipite ,

Que l'on entend au loin lorsqu'on ne peut le voir ,

Où la mélancolie aime à rêver le soir

Quand la lune en son plein, à travers les nuages,

Des pins et des bouleaux argentant les feuillages,

Aux regards inquiets du triste voyageur

Laisse voir une croix élevée au malheur,

Ne peut-il inspirer des accens au poète

Sans ses froids ornemens que la raison rejette ?

En peignant la nature on ne lasse jamais ;

C'est elle qui d'un livre assure le succès.

De quel droit ose-t-on exiler le génie

Des rives d'Albion et de la Germanie,

Condamner leurs auteurs et dire avec mépris ?

« Un livre ne vaut rien s'il n'est fait à Paris. »

Eh quoi ! le dieu du goût a-t-il sur nos frontières

Établi des cordons et posé des barrières

Que le génie envain s'efforce de franchir,

Et d'où l'esprit captif ne peut jamais sortir ?

Libres dans leur essor, bravant la jalousie,

Les muses ont partout le droit de bourgeoisie.

Fut-il d'un Iroquois un livre est toujours bon,

Dès que son passe-port est signé d'Apollon.

Qu'une jeune étrangère à tes yeux se présente,

Fraîche comme la rose, aimable et séduisante,

Dont les yeux expressifs brillent du plus doux feu,

Lui diras-tu : « Madame, excusez cet aveu,

» Vous êtes étrangère : ah ! vraiment c'est dommage ;

» Une Française seule a droit à mon hommage ;

» Cet air noble et décent, ce maintien gracieux,

» Ce souris ravissant, ce beau teint, ces beaux yeux

» Où respire votre ame, envain voudraient me plaire ;

» Je ne puis vous aimer : vous êtes étrangère. »

16

Pour tenir ce discours je te crois trop galant :

Ainsi que la beauté juge donc le talent.

J'honore autant que toi les lieux de ma naissance :

Je sens battre mon cœur à ce doux nom de France ;

Enfant, chez l'étranger, j'appris à la chérir,

Dans ces jours de désordre où l'honneur fut martyr.

Que de fois sur les bords qu'arrose la Tamise,

Au milieu des brouillards que dissipait la brise,

Un Racine à la main, près d'un platane assis,

Je demandais au ciel de revoir mon pays !

Crois-tu donc l'honorer en venant sur la scène

Dans Shakspire et Schiller outrager Melpomène ?

De leurs beautés sans nombre en détournant les yeux,

Tu flétris leurs lauriers d'un vers injurieux.

Tu méconnais celui qui d'un crayon fidèle

Peignit du roi Léar la douleur paternelle,

Monarque infortuné, chassé de ses états;

Repoussé tour-à-tour par des enfans ingrats,

Sans appui, sans secours, privé de la lumière,

Qui seul, pendant l'orage, errant sur la bruyère;

Fait entendre du cœur les douloureux accens,

Et lutte avec le ciel, le malheur et les ans.

Tu méconnais l'auteur dont le profond génie

Fait haïr dans Richard la sombre tyrannie,

Les odieux soupçons et les lâches détours,

Monstre qui de l'enfer emprunte les discours,

Qui présente au théâtre, ainsi que dans l'histoire

Le corps le plus difforme et l'ame la plus noire.

As-tu vu d'Othello les jalouses fureurs ,

La rage , les remords , les tourmens et les pleurs ,

Quand près d'assassiner son épouse expirante

Il dépose un baiser sur sa bouche innocente ?

Toi qui blâmes Shakspire , as-tu vu , réponds-moi ,

Ému par la pitié , la tendresse et l'effroi ,

Hamlet interrogeant le spectre de son père ,

Jurant de le venger… Eh ! sur qui ?… Sur sa mère !

Par la haine et l'amour tour-à-tour combattu ,

Fidèle à son serment , criminel par vertu ,

Quand son bras veut punir une épouse parjure ,

Outrager à la fois et venger la nature ?

As-tu vu , réponds-moi , dans un simple appareil ,

L'épouse de Macbeth errer dans le sommeil ,

Du meurtre de Duncan l'ame encor toute pleine ,

En se frottant les mains s'avancer sur la scène ,

Se plaindre que le sang qu'elle vient de verser,

Malgré tous ses efforts ne saurait s'effacer ?

As-tu vu sans frémir dans la tombe muette

Pour son cher Roméo descendre Juliette,

Après qu'un noir breuvage a glacé tous ses sens

Et répandu la mort sur ses traits languissans ?

Quel auteur fut jamais plus fécond que Shakspire,

Et qui des passions a mieux connu l'empire ?

Qui sut avec plus d'art prêter à chaque acteur,

Le ton de son état, le langage du cœur ?

Poète, historien, philosophe, vrai sage,

Ses beautés sont à lui, ses défauts à son âge.

Quel autre que Shakspire eut le rare secret

Dans un siècle ignorant de créer un sujet,

D'émouvoir, d'effrayer, d'amuser et d'instruire ?

Dans les siècles passés il aime à nous conduire ;

Mais il change à propos de tons et de couleurs

Suivant les temps, les lieux, les passions, les mœurs ;

Si des trois unités il rompt parfois la chaîne,

De la muse tragique il étend le domaine,

Et, tel que le soleil dans son cours radieux,

Il plane sur la terre et les mers et les cieux.

Ce génie immortel, tu le nommes Paillasse :

Tombe aux pieds de son buste et demande-lui grace!!!

Quand ta muse se rit des auteurs allemands,

Viennet, j'en suis certain, tu songes aux Brigands

Que Schiller mit au jour dans son adolescence,

Et sur Guillaume-Tell tu gardes le silence !

Là, tout est beau, sublime et digne du sujet.

Vois le héros caché dans un antre secret,

Brûlant du noble espoir de sauver sa patrie ,

Épier le tyran sur le lac en furie ,

Quand , de son arc tendu soudain un trait lancé

Part , siffle et frappe au cœur le monstre renversé.

Partout brillent des feux sur la roche escarpée ;

Uri , Schwitz , Underwald déjà tirent l'épée ;

Un peuple fier se lève et brise ses liens :

Le ciel s'est déclaré pour les Helvétiens.

Cette pièce , Viennet , que tout le monde admire ,

Met Schiller à l'abri des traits de la satire.

Lorsque deux chevaliers valeureux et courtois ,

Jadis se rencontraient pour la première fois ,

Avant de s'élancer dans la lice guerrière ,

De leurs casques brillans ils levaient la visière ,

Et , remplis l'un pour l'autre et d'estime et d'égard

Tous deux se saluaient d'un bienveillant regard.

Près de jeter le gant à mon noble adversaire ,

Honorant ses exploits et son beau caractère ,

J'arrête mon coursier à moitié du chemin ;

Je détourne ma lance et je lui tends la main.

Cette pièce a été lue à la séance publique de la société d'agriculture , du commerce et des arts de Boulogne-sur-Mer , le 12 juillet
1824.

Insérée dans la feuille d'annonces de Boulogne-sur-Mer , du 22
juillet 1824 , n°. 493.

Lettre

DE M. VIENNET,

En réponse à l'Épître que l'Auteur
lui a adressée.

LETTRE

de M. Viennet,

EN RÉPONSE A L'ÉPITRE QUE L'AUTEUR
LUI A ADRESSÉE.

Val-Saint-Germain, près Dourdan, 5 Juillet 1824.

MONSIEUR,

C'est à la campagne, au milieu de vingt sites classiques ou romantiques, que m'arrive votre épître; et

je commence comme Sertorius à Pompée, par vous
rendre les complimens flatteurs dont vous voulez bien
m'honorer. Votre nom n'avait pas besoin de m'être
recommandé par M. Bouilly, il se recommande de
lui-même ; et, quoique l'estime d'un homme comme
notre ami commun, soit à mes yeux d'un très-grand
prix, il vous suffisait d'avoir plaidé en beaux vers la
cause du malheur et de la liberté, pour être sûr de
me faire un grand plaisir en mettant votre muse en
communication avec la mienne : je me félicite donc
d'avoir failli à vos yeux, puisque ma faute m'attire des
reproches aussi honorables, et donne à notre littérature une belle épître de plus. Nous vivons malheureu-
sement dans un temps où les questions littéraires
n'occupent qu'une faible partie du monde pensant.
La politique envahit le terrain ; et le renvoi d'un ministre est aujourd'hui d'une toute autre importance
que la querelle des deux littératures. Si j'étais moins
citoyen que poète, je regretterais, à cet égard, le
siècle des Pompadour et des Dorat, ou celui des Gluck
et des Piccini ; mais le patriotisme l'emporte ici sur
l'amour-propre ; et je confesse, en gémissant, que
l'intérêt d'une nation de trente millions d'hommes doit
prévaloir sur celui d'une centaine de poètes et d'un
millier d'amateurs ; je suis même étonné que le bruit
de ma satire ait retenti jusqu'aux rives du Pas-de-
Calais ; c'est presque de la gloire ; et je compte sur

votre réponse pour l'éterniser. Que vous dirai-je maintenant du fonds ; car je n'ai rien à redire sur la forme ?
J'ai pour principes en tout de respecter trois choses
dans le moral des hommes : le goût, l'opinion et la
croyance ; et je me vante de conserver des amis dans
tous les partis politiques et littéraires : je combats cependant pour mon opinion, parce que je la crois
bonne ; mais, comme je suppose dans mes adversaires
la même confiance, je tâche de les ramener à mon
sentiment sans les offenser et sans cesser de les estimer
quand ils le méritent. Cela posé, Monsieur, *je détourne ma lance et je vous tends la main*, avant de
vous dire que vous êtes beaucoup plus exclusif que
moi en me reprochant les expressions satiriques que
je me suis permises à l'égard de Shakespeare et de
Schiller : vous me forcez à croire que vous les estimez
sans restriction ; et c'est là seulement ce que j'ai
voulu blâmer dans leurs partisans. En donnant à ce
premier les noms de Sophocle et de Térence, je
croyais lui faire une belle part ; mais vous n'avez vu
que le titre de Paillasse, et vous avez cru devoir venger votre idole : ce titre est cependant justifié par les
trois quarts des scènes dont se compose le théâtre de
Shakespeare. Ses défauts, dites-vous, sont ceux de son
siècle ; je n'admets point cette excuse. L'homme de
génie domine son siècle et ne le suit pas. Voyez Molière, que diriez-vous de lui s'il eût mêlé dans le

Misanthrope les farces dont il a rempli son Médecin malgré lui, pour étayer son chef-d'œuvre? Ce calcul est celui d'un grand écrivain qui sait maîtriser ses inspirations et discerner ce qui est convenable et ce qui est absurde. Shakespeare a tout confondu, faute de discernement ; et je m'en tiens là-dessus au jugement d'Adisson, qui a déclaré que les poètes anglais n'écrivaient des saletés que lorsqu'ils étaient au bout de leur invention : je ne ferai donc pas mon amende honorable aux pieds de la statue. Quant à Schiller ; n'ai-je pas dit que son théâtre étincelait des plus mâles beautés ? Mais la pièce de l'Intrigue et l'Amour, celle des Brigands, une partie de son Carlos et de son Walenstein, m'ont donné le cauchemar ; et j'ai dû le dire dans mon épître, parce que je l'avais senti et pensé. Si quelqu'un s'avisait aujourd'hui de nous montrer un héros entouré de nécromanciens et de bohémiens, ou deux amans qui font un cours d'astrologie au lieu de s'occuper de leur situation, vous seriez le premier à siffler ces inconvenances, et vous voulez que je les admire dans les étrangers. Convenez des inégalités, puisque j'avoue ce qu'il y a de sublime ; et n'élevez point au-dessus de nos chefs-d'œuvre, des ouvrages informes, par la seule raison qu'ils étincèlent de traits de sentiment et de génie. Une autre erreur de votre secte est de nous croire assez dépourvus de sens et de goût, pour vouloir tout colorier à la grecque :

ce n'est pas ainsi que nous entendons le classique.
Racine l'était pour le style dans Bajazet, mais il ne
l'était point pour les mœurs, comme dans Iphigénie
et dans Athalie. Peindre les temps et les personnes,
n'est pas un principe littéraire de nos jours ; c'est celui de nos maîtres, et les romantiques ont tort de s'en
faire honneur. Ce sont eux, au contraire, qui confondent les genres, tandis que nous leur laissons les
limites que la nature et le goût leur ont imposées. Il
est possible que César ait rencontré des savetiers dans
les rues de Rome ; mais je ne concevrai jamais la
nécessité de mêler tout cela dans une action tragique ;
et puisque j'en suis revenu à cette tragédie anglaise,
ne conviendrez-vous pas que ces personnages de bas-
lieu, parlent plutôt le langage des tavernes de Londres que celui du Forum ; que ces savetiers sont des
Anglais plutôt que des Romains ? Et n'est-ce pas une
faute grossière contre les mœurs ? On nous reproche
de tenir encore à Apollon et aux muses ; et M. Nodier
me demandait un jour si j'y croyais : mon Dieu, non ;
mais je dis Apollon, parce qu'on a rien inventé pour
mettre à la place de cet être de raison qui me représente la faculté de penser et de parler poétiquement :
je divise cette faculté en autant de genres de poésie
qu'en ont inventés nos prédécesseurs ; et je dis Melpomène, Thalie, pour caractériser ces genres. On
nous reproche encore de tenir aux trois unités ; mais

nous y tenons parce que le bon sens l'exige, parce
qu'il est absurde de faire faire neuf mille lieues, comme
dans Antoine et Cléopâtre, à des spectateurs qui n'ont
que deux ou trois heures à passer au théâtre. Nous y
tenons, parce qu'il est essentiel à l'intérêt qu'une
seule action occupe notre esprit et notre cœur; et
notre goût supporte plus aisément que Cinna vienne
conspirer dans le palais d'Auguste, qu'il ne supporte-
rait de voir lever le soleil une douzaine de fois dans
une soirée, ou de passer de Rome à Londres, et de
Londres en Asie, sans bouger de place. Quant au
style, est-il rien de moins naturel, de plus ridicule
que ces métaphores, ces comparaisons, ces images,
ces expressions boursouflées qu'on vous donne aujourd'hui pour du sublime? Le désert a-t-il des fils?
les collines ont-elles une voix? existe-t-il un roi des
Aunes? Non, Monsieur, tout cela n'est que de la bi-
zarrerie, de l'impuissance, puisqu'il faut appeler les
choses par leur nom; et ce n'est pas à vous de les défendre, car on vous entend : vous parlez la langue de
nos maîtres, et vos expressions ont cette belle simplicité qui fait vivre les ouvrages d'esprit.

Je regrette de ne pas être en ville pour contribuer
au succès de votre épître. Je me serais fait un plaisir
de la produire; mais elle s'avancera d'elle-même, et
je serai le premier à me féliciter de son succès.

Recevez donc mes remercîmens les plus sincères,

et croyez aux sentimens d'estime et de reconnaissance avec lesquels j'ai l'honneur d'être ,

Monsieur ,

Votre , etc.

VIENNET.

———⊷⧝⊶———

ÉPÎTRE

A M. P***,

QUI FAISAIT LIRE À SA FILLE LES ŒUVRES
DE LORD BYRON.

Épître

A M. P***,

QUI FAISAIT LIRE A SA FILLE LES ŒUVRES
DE LORD BYRON.

How dost thou light a torch to distant deeds?
YOUNG.

Eh ! quoi ! c'est un époux, un père de famille,

Qui ne craint pas d'offrir aux regards de sa fille,

Tendre et fragile fleur qu'un souffle peut flétrir ,

Ces vers , fruits dangereux d'un coupable loisir !

A cet âge où la vie est encore un mystère ,

O quel choix que don Juan , Manfred et le Corsaire !

Le vice audacieux pour subjuguer les cœurs ,

S'y présente paré de brillantes couleurs :

Il raille avec dédain , et la vertu victime ,

Assiste en soupirant au triomphe du crime :

Dieu ne se montre pas , et le monde moral

Semble être le jouet d'un génie infernal :

Le monde est orphelin. Doctrine désolante ,

Que l'orgueil reproduit , que l'athéisme enfante !

Byron , je crois entendre , en écoutant tes vers ,

L'accent du désespoir et le cri des enfers.

Quand pour chanter Caïn ta main saisit la lyre,

Ce n'est pas Apollon, c'est Satan qui t'inspire.

Dans les vers immortels du sublime Milton,

Il discourait jadis sur un plus noble ton.

Gardant le souvenir de sa gloire première,

Il croit voir à ses pieds l'astre de la lumière,

Debout après sa chûte et bravant le vainqueur,

Il conserve en tombant son antique grandeur.

D'orgueil et de misère admirable mélange !

C'est un ange déchu, mais c'est encore un ange.

Ce front cicatrisé, ce menaçant aspect

Inspirent la pitié, commandent le respect.

Byron, ton Lucifer, caché dans un nuage,

A Méphistophélès emprunte son langage,

Se plaît dans la dispute et fort dans l'argument,

Suit dans tous ses écarts le poète allemand.

Une satire amère , une froide ironie ,

Ternissent les éclairs de ton brillant génie.

Quelquefois du Parnasse il atteint la hauteur ;

Mais connut-il jamais le langage du cœur ,

Celui qui , dans le vague où sa muse s'élève ,

Commence vingt récits que jamais il n'achève ,

Se plaît dans le mystère et conduit son lecteur

De surprise en surprise et d'horreur en horreur ?

Souvent il tient de l'aigle et le vol et l'audace ;

Il étonne , il ravit , il se perd dans l'espace :

Son vers harmonieux capable d'éblouir ,

Peut déchirer le cœur , mais jamais l'attendrir.

Quand ce pieux monarque au bout de sa carrière ,

Tel que le roi Léar privé de la lumière ,

Confiait à Windsor ses royales douleurs

Et commandait l'amour, le respect et les pleurs.

Seul de tous les Anglais, Byron eut la bassesse

D'insulter le malheur; le trône et la vieillesse.

Des plus rares talens quel monstrueux emploi !...

Il outragea le ciel, sa patrie et son roi !

Dans ses mœurs et ses goûts il se montra bizarre.

Que penser de celui qui, froidement barbare,

Pour fêter des amis, dans un joyeux festin,

Fait mousser le Champagne au fond d'un crâne humain;

Et vidant d'un seul trait la coupe dégoûtante

Boit, au milieu des ris, la liqueur pétillante ?

Tel on dit qu'autrefois dans les palais d'Odin

On versait aux guerriers l'hydromèle et le vin,

19

Tel l'Indien farouche, armé pour sa défense,

S'enivre dans un crâne et rêve la vengeance.

Mais celui que Mylord se plaisait à remplir

N'éveillait sa valeur par aucun souvenir ;

Découvert sous les murs d'une antique abbaye,

De quelque pauvre moine il rappelait la vie,

Les prières, les soins, les veilles, les travaux,

Source de raillerie et d'éternels bons mots.

Des vierges d'Albion il méprisa les charmes,

D'une épouse offensée il fit couler les larmes ;

Les liens les plus saints par lui furent brisés ;

De pays en pays portant des goûts blasés,

On le vit en tous lieux offrir à l'étrangère

L'hommage passager d'une flamme adultère.

La tendre Italienne aux regards langoureux,

L'Espagnole aux yeux noirs, au maintien gracieux,

Les filles du Croissant, les nymphes de la Grèce,

Obtinrent tour-à-tour ses dons et sa tendresse :

Childe Harold, en courant après la liberté,

Célébre les combats, la gloire et la beauté.

La lyre de Tyrtée entre ses doigts résonne...

Aux armes, fils d'Athène et de Lacédémone !

Soldats de Marathon, rangez-vous à sa voix !

Il accourt plein d'ardeur partager vos exploits !

Entouré de Tritons, debout sur son navire,

Il chante la victoire aux accords de sa lyre.

C'était le chant du cygne. Il meurt, et pour jamais

Les lauriers sur son front se changent en cyprès.

Après un long exil marqué par la licence,

Le trépas le ramène aux lieux de sa naissance.

Les Anglais en un jour ont oublié ses torts.

D'honneurs et de regrets ils entourent son corps;

Un peuple enthousiaste en pleurant le contemple,

Et veut de Westminster lui faire ouvrir le temple;

O vaillant roi Richard, nommé Cœur-de-Lion !

L'effroi des Sarrazins et l'espoir de Sion,

Dont les siècles passés ont admiré l'audace,

Sous les parvis sacrés dois-tu lui faire place?

Et vous, des doctes sœurs illustres favoris,

Qui, rangés dans ce temple où vos noms sont inscrits,

Habitez près des rois sous cette voûte sainte,

Pope, Milton, Shaspire ! ah ! soyez-y sans crainte,

Poètes immortels, royales majestés,

Byron ne viendra point s'asseoir à vos côtés...

Il s'agite... Un instant son ombre se réveille...

Ne troublons point la paix du barde qui sommeille,

Couvrons son monument d'un voile officieux...

Que sa cendre y repose auprès de ses aïeux!

Inséré dans la feuille d'annonces de Boulogne-sur-Mer, du 3 février 1825, n°. 522.

Cette pièce a été composée lorsque M. Casimir Delavigne a publié sa Messénienne à l'occasion de la mort de lord Byron.

M. Hoppner, qui a été consul anglais à Venise, où il a vécu plusieurs années dans l'intimité de ce poète célèbre, a trouvé que j'avais été trop sévère dans le jugement que je porte du chantre de Childe-Harold et de don Juan. Il assure que c'est à l'éducation vicieuse qu'il a reçue, et non pas à un cœur corrompu que l'on doit attribuer, en grande partie, les écarts de sa conduite et de son imagination.

M. Hoppner, littérateur aussi instruit que poète agréable, m'a fait remarquer que les vers que je reprochais à Byron n'ont pas été adressés par lui à Georges III, mais à Georges IV.

ÉPITRE

A UN CÉLIBATAIRE.

Épître

A UN CÉLIBATAIRE.

Welch leben hat nicht seine qual ?
GELLERT.

TE voilà parvenu, cher Ariste, à cet âge

Où l'on pense avec crainte aux nœuds du mariage,

Où, quoi que dégoûté d'un trop long célibat,

L'homme hésite à changer et de vie et d'état ;

20

Toujours à ses desseins quelqu'obstacle se montre ;

A force de peser et le pour et le contre,

Il ne peut se résoudre, il balance, et souvent

Comme la girouette il tourne au moindre vent :

Du jour au lendemain on le voit qui diffère,

Et la mort le surprend tandis qu'il délibère.

Je t'ai cru, je l'avoue, un cœur mieux affermi

Et plus de confiance aux conseils d'un ami,

Qui, de l'expérience empruntant la lumière,

Voulait pour ton bonheur diriger ta carrière.

Le monde, les beaux-arts et l'étude aujourd'hui

Repoussent loin de toi les pavots de l'ennui ;

Mais songe à l'avenir, aux jours de la vieillesse.

Écoute les conseils ; l'âge avance et te presse :

Ariste, attendras-tu pour faire un choix heureux

Que le temps sur ta tête ait blanchi tes cheveux ?

Le présent !... en est-il pour un être qui pense ?...

Le passé, l'avenir forment notre existence...

Le printemps de ta vie est passé pour toujours,

Déjà de ton été tu commences le cours.

Chaque chose à son temps : aux fleurs de la jeunesse

Ont succédé pour toi les fruits de la sagesse.

Je te crois mieux qu'un autre à même de juger

Combien au vrai bonheur le monde est étranger.

Jeune, maître de toi, sans mentor et sans guide,

Tu n'eus que la raison pour te servir d'égide.

De bonne heure, au milieu d'un brillant tourbillon,

Tu vis que le bonheur n'était qu'illusion.

Combien de jours d'ennui, de dégoût, de tristesse

Succèdent dans la vie à des instans d'ivresse !

Il n'est rien de plus cher qu'une femme, un berceau,

Dans sa caustique humeur, c'est en vain que Boileau

Sur un sexe charmant qu'on aime et qu'on admire,

Épuise, en badinant, les traits de la satire.

Pourquoi n'avait-il pas une épouse, une sœur?

Il eût fait de la femme un portrait plus flatteur.

Il est triste, à mon gré, d'être seul en voyage;

Il n'est de vrai bonheur que celui qu'on partage.

Heureux! trois fois heureux un tendre et sage époux!

Il bénit chaque jour des nœuds pour lui si doux.

Cher Ariste, à l'étude, aux beaux-arts tu te livres,

Entouré de tableaux, de bronzes et de livres;

Mais songe qu'après toi ces objets précieux,

Ces rares manuscrits rassemblés en tous lieux,

Qui charment tes loisirs et font toute ta joie,

Du vulgaire ignorant vont devenir la proie.

On lira sur les murs et dans le Moniteur

Ta vente après décès par un huissier priseur,

Et du matin au soir pendant une semaine,

Transformée en bazar, ta maison sera pleine ;

Et déjà le vendeur, jetant partout les yeux,

Crie : « Une fois, deux fois, trois fois ! qui dira mieux ?..

» Personne ne dit mot ?... adjugé !... » Cher Ariste,

Un pareil avenir pour toi n'est-il pas triste ?

Voilà pourtant l'espoir de tes travaux constans ! ! !

Un père ne meurt pas, il vit dans ses enfans ;

Que de projets il forme ! il est heureux en songe ;

D'un regard satisfait dans l'avenir il plonge,

Il se dit : « Dans l'état où le ciel m'a placé

» Mes fils acheveront ce que j'ai commencé ;

» Ma volonté sera fidèlement suivie

» Long-temps après ma mort comme pendant ma vie ;

» Mon domaine et mon nom justement respecté,

» Passeront d'âge en âge à ma postérité. »

Après avoir en Dieu remis sa confiance,

Oui, telle est du vieillard la plus chère espérance,

Celle qui le soutient dans ses derniers travaux,

Embellit son déclin et calme tous ses maux.

Songe, Ariste, au destin d'un vieux célibataire ;

De tous ses compagnons resté seul sur la terre,

Son cœur ne s'ouvre plus à l'intime amitié,

Même au milieu du monde il végète oublié;

C'est l'arbre du désert, c'est la stérile plante

Que n'arrose jamais une onde bienfaisante.

Si la goutte sur lui pose sa main de fer,

S'il éprouve vivant les tourmens de l'enfer,

Et la toux irritante et l'asthme qui sans cesse

Défend de respirer, de son poids nous oppresse,

Et la paralysie engourdissant le corps

Et des membres sans force enchaînant les ressorts,

Tout le cortége enfin des misères humaines,

Quel autre qu'une femme adoucira ses peines,

Prodiguera pour lui les soins consolateurs,

Soutiendra son courage et séchera ses pleurs?

Que ferais-je appuyé sur la philosophie,

Sans la tendre amitié, sans les soins de Sophie?

Par elle chaque jour je me vois consolé.

Des misères du corps j'ai seulement parlé,
Je n'ai rien dit des maux et des peines de l'ame;
Qui peut les adoucir si ce n'est une femme?
Dans la coupe d'absinthe elle verse le miel,
Et pour nous soutenir c'est un ange du ciel.

Douce, bonne, sensible, à nous plaire empressée,
Son regard pénétrant lit dans notre pensée
Et, compagne fidèle aux bons et mauvais jours,
Elle donne des soins, des conseils, des secours.

Malheur à qui se livre aux mains des mercenaires!
Il a des héritiers qui ne le touchent guères;

Il n'en veut voir aucun : sa maison est un fort

Qui ne leur est ouvert que le jour de sa mort ,

Jour attendu par eux avec impatience !

Combien l'isolement ajoute à la souffrance !

Pour le célibataire il est un autre écueil :

L'amour dans ses vieux ans le conduit au cercueil ;

Nourri d'illusions , coupable par faiblesse ,

Il redoute une épouse et prend une maîtresse ;

Esclave complaisant à ses ordres soumis ,

Il lui sacrifiera ses parens , ses amis ;

Trop heureux si pour prix d'une flamme indiscrète ,

Un jour on ne le voit pendre à l'espagnolette

Et , victime à son tour , du forfait le plus noir ,

Finir comme Condé grace aux nœuds d'un mouchoir !

Fragment.

Inhaltfdfe

FRAGMENT.

*

La nuit au front voilé s'enfuit devant l'aurore,

D'or, de pourpre et d'azur l'horizon se colore,

La rosée en vapeurs s'exhale dans les airs,

Et les chantres des bois commencent leurs concerts.

Voici l'instant heureux où les muses faciles

Aux vœux de leurs amans se montrent plus dociles :

Le murmure des eaux, le silence des bois

Au poète rêveur font retrouver la voix.

FRAGMENT.

Lorsque Boileau se plaint que sa verve moins riche

Travaille avec lenteur un pénible hémistiche,

Il fuit loin de Paris, il fuit loin de la cour,

Et vante à Lamoignon son champêtre séjour.

Là, comme le ruisseau qui s'échappe et murmure,

Son vers coule avec grace et retombe en mesure.

Partout le dieu des arts protége les travaux,

La carrière est ouverte : entrez, jeunes rivaux,

Redoublez vos efforts, ranimez votre audace.

Les oracles du goût, les juges du Parnasse,

Ces athlètes jadis vainqueurs dans vos combats,

Vous décernent le prix qu'ils ne disputent pas.

Moins de gloire suivait les palmes olympiques

Que prodiguait la Grèce à ses fêtes civiques.

Voulez-vous mériter l'estime et les honneurs?

Respectez dans vos vers Dieu, le prince et les mœurs,

Il n'est point de lauriers pour les muses obscènes :

Gardez-vous de changer les neuf sœurs en sirènes.

Ne peignez point le vice avec des traits flatteurs ;

Pour le rendre odieux prêtez-lui ses couleurs.

Fidèle à l'institut, jadis l'académie

Désavoua l'auteur de la Métromanie,

Le bannit de son sein en vantant ses accords :

Tant de beaux vers n'ont pu faire oublier ses torts !

A son espoir trompé si le fauteuil échappe,

C'est qu'on retrouve en lui le chantre de Priape.

Tel fut aussi le sort du Pindare français,

Et l'exil mit un terme à ses brillans succès.

On vante parmi nous l'orgueilleuse Tamise;

Ce n'est point sur ses bords, quoique l'Anglais en dise,

Que les muses au sein d'un glorieux repos

Ont l'espoir de jouir du fruit de leurs travaux :

Le prince ne sait pas récompenser leurs veilles,

Et le peuple souvent méconnaît leurs merveilles,

Quel sort plus malheureux que celui d'un auteur

Réduit à mendier l'appui d'un protecteur !

Filles de Jupiter, les muses sont hautaines;

Ce n'est pas au comptoir que siégent les Mécènes.

Regardez de quel air ce banquier, bel esprit,

Interroge un auteur et marchande un écrit :

Il compte les feuillets, les lignes de la page,

Et, comme l'or qu'il pèse, il juge au poids l'ouvrage.

Voyez quel fut le sort des muses d'Albion !

Dryden, Otway, Butler, le sublime Milton,

Couronnés à leur mort des lauriers du Parnasse,

Vécurent dans l'oubli, le deuil et la disgrace.

Dès qu'un auteur n'est plus, le peuple généreux

A ses mânes élève un monument pompeux...

Qu'importe qu'une tombe honore sa mémoire,

Que ses vers qu'on admire éternisent sa gloire ?

Ne valait-il pas mieux qu'un utile secours

Embellît, prolongeât le déclin de ses jours,

Rendît à son génie un reste de sa force ?

Vous laissez mourir l'arbre, et vous soignez l'écorce !

ÉPITRE

A MESSIEURS DE CONTES.

Épître

A MESSIEURS DE CONTES.

And J thought but it might not be so,
She seim'd sorry to se me depart.

Mes bons amis, mes anciens camarades,

A mon retour, en vers je vous écris ;

N'attendez pas de pompeuses tirades

Et des discours bien limés, bien polis.

En vous quittant , je vous avais promis

De rappeler nos douces promenades ;

Mais à Toinette il en faut des récits…

— « Racontez-moi toutes vos cavalcades…

» Qu'avez-vous fait ?… qu'avez-vous entendu ?

» Un mois absent !… Je vous croyais perdu. »

C'est en ces mots que Toinette s'exprime ;

A son discours je n'ai mis que la rime.

Déjà Toinette est prête à m'écouter ;

Déjà Toinette a tiré ses lunettes,

Quitté le bas qu'elle allait tricoter

Et près de l'âtre a remis les pincettes ;

A ses côtés elle me fait asseoir…

Depuis long-temps vous connaissez Toinette ;

Ses cheveux noirs que cache une cornette

Mise souvent sans l'avis du miroir,

Ces yeux si vifs et ce teint de la rose

Que près d'un siècle à peine a pu ternir :

Le temps s'arrête ; elle vit sans vieillir ,

Et c'est Nestor par la métempsycose.

Dans mes récits avant de m'enfoncer ,

C'est par Bucamp qu'il fallut commencer :

En en parlant j'étais bien sûr de plaire ,

Sur aucun point je ne devais me taire ;

Sur nul détail je ne devais passer ;

J'étais certain que ceux que j'allais faire

Auraient toujours le droit d'intéresser.

Je peignis donc votre asile agréable ,

Et la façon dont j'y passais le jour ;

Je lui parlai des sites d'alentour ;

Mais encor plus de cet accueil aimable

Qui fait si fort aimer votre séjour.

Changeant de ton, je peignis tour-à-tour

Ces souterrains, ces ruines antiques,

Ces vieux remparts, ces créneaux, cette tour,

Ces lieux fameux par des faits héroïques,

Ces châteaux forts de Renty, de Fressin,

Tant craints jadis, aujourd'hui solitaires :

Sur leurs débris croît le sombre sapin ;

Les noirs corbeaux y bâtissent leurs aires ;

Et la brebis vient pâturer le thym

Sur les glacis où combattaient nos pères.

J'ai vu ces champs où le dieu des combats

A moissonné des milliers de soldats ,

Où des Français la valeur indiscrète

Courait en vain au devant du trépas.

Mais d'Azincourt oublions la défaite :

Mille succès effacent un revers ;

Et , chaque jour , embouchant la trompette ,

La Renommée et proclame et répète

Le nom français aux bouts de l'univers.

Mais ces récits pour nous si pleins de charmes ,

Sont pour Toinette et trop grands et trop beaux ;

Elle préfère à tout l'éclat des armes

La douce paix des tranquilles hameaux.

Il fallut donc par des récits nouveaux

23

La ramener auprès de ces rivages

Où la Ternoise arrose en serpentant

Des prés fleuris et de riants bocages,

Où la bergère accompagne en chantant

De son berger la joyeuse musette...

Je n'ai rien dit des bords de la Warnette ;

Car une nymphe au maintien gracieux,

Aux traits charmans, à l'air noble et modeste,

A mes regards éclipsa tout le reste :

Je ne vis qu'elle ; et lorsque de ces lieux

Je veux encor me retracer l'image,

La raison vient apporter son flambeau ;

Et loin de moi rejetant le pinceau,

En soupirant je quitte mon ouvrage !

Ces vers ont été composés en 1803. Depuis qu'ils ont été faits , il y a bien des années que la bonne et respectable Toinette n'existe plus. Puissent-ils conserver son souvenir ! Mais combien est frivole ce vœu que forme l'amitié pour celle qui jouit dès à présent d'une éternité heureuse que sa piété et ses vertus lui ont sans doute acquise.

Voici son épitaphe , telle qu'elle se trouve dans le cimetière de Bainctbun , près Boulogne-sur-Mer :

☩

Ici repose du sommeil des justes
Marie-Antoinette JOLAND ,
décédée le 13 décembre 1808 ,
âgée de 94 ans 6 mois et 28 jours.
Durant le cours d'une vie longue et paisible
elle a offert constamment le modèle parfait
de toutes les vertus chrétiennes :
pour en perpétuer le souvenir
Monsieur et Mademoiselle du Wicquet d'Ordre ,
dont elle avait soigné l'enfance ,
et chez qui elle avait passé 58 ans ,
ont élevé à sa mémoire
ce simple monument :
c'est celui de l'estime , de l'amitié
et de la reconnaissance.

Épître

À M. LORGNIER,

Sur le brevet d'invention qu'il a obtenu pour faire des tuiles
à coulisse.

ÉPITRE

A M. LORGNIER,

SUR LE BREVET D'INVENTION QU'IL A OBTENU POUR FAIRE
DES TUILES A COULISSE.

ÉMULE de Rumford, toi qui pour ta patrie

Prodigues les trésors d'une heureuse industrie,

Homme doux et modeste, ami cher à mon cœur,

Combien me réjouit un succès si flatteur !

À tes nobles travanx la carrière est ouverte ;

La loi sous son égide a mis ta découverte ;

Tenant un *Moniteur* , la déesse aux cent voix

Prend déjà son essor et plane sur les toits ;

Elle apprend la façon dont tu pétris l'argile.

Oh ! si j'avais ce don que possédait Virgile

Quand sa muse propice aux travaux des moissons ,

Dictait en vers pompeux d'agréables leçons ,

Je dirais par quel art sur la simple charpente

Se rattache et se joint la tuile obéissante ,

Et par quelle échancrure unie étroitement

Elle offre un mur d'airain sans clous ni sans ciment.

Je préfère la tuile à l'ardoise azurée :

Elle résiste mieux au souffle de Borée ;

Et, quand gronde l'orage, aux vœux du voyageur

Elle promet la paix, l'aisance et le bonheur.

Si l'orgueilleux palais veut l'ardoise fragile,

Si du pauvre le chaume abrite l'humble asile ;

Vous, qu'un sort fortuné place également loin

Au-dessous de l'envie, au-dessus du besoin,

Dont les toits sont en butte aux coups de la tempête,

La tuile est destinée à couvrir votre tête,

A protéger vos bœufs, vos chevaux, vos brebis ;

Et vos riches greniers pleins de l'or des épis.

Cher Lorgnier, sur les monts, séjour des noirs orages,

Aux bords de l'océan et dans les lieux sauvages

24

Où les vents déchaînés ébranlent les maisons,

On bénira les fruits de tes combinaisons.

Ton brevet à la gloire est un titre durable.

Quelque jour on dira : ce fut un sage aimable

Né sur les bords de Liane, aimé de son pays,

Qui, d'abord pour lui-même et pour quelques amis,

Inventa cette tuile aujourd'hui si commune,

Et lui donna son nom, ses soins et sa fortune.

LA CAMPAGNE

ET LA VILLE,

Epître

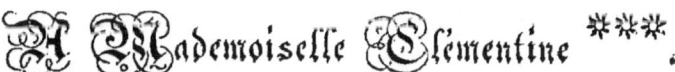

La Campagne et la Ville,

ÉPITRE

A Mademoiselle Clémentine ***.

O ! dass sie ewig grünen bliebe
Die schone zeit der yungen Liebe !

SCHILLER.

Avec les froids brouillards voici venir l'automne ;

La feuille au gré des vents dans les airs tourbillonne,

L'hirondelle est partie, on entend les corbeaux,

La brise du nord souffle à travers les vitraux.

Quand la lune apparaît sur la liquide plaine,

Le soir, on ne voit plus la jeune châtelaine

Assise sur un banc, au pied d'un arbre épais,

Venir seule rêver et respirer le frais.

Sur les pesans chenets l'orme brûle et pétille,

Au tour du grand foyer s'assemble la famille,

Dans l'antique salon, près de la vieille tour,

Où le roi Henri huit tenait jadis sa cour,

Entouré de ses preux l'honneur de l'Angleterre,

Et fêtait à la fois le vin, l'amour, la guerre,

Quand guidés par Eurvin contre les léopards

Les vaillans Boulonnais défendaient leurs remparts.

Ancien château d'Honvault consacré par l'histoire,

Non, tu ne vis jamais aux beaux jours de ta gloire,

Depuis que dans tes murs parut un souverain ,

Plus brave chevalier , plus noble châtelain ,

Dame plus accomplie et plus digne et plus sage ,

Damoiselle qui plaise et charme davantage ,

Plus modeste et plus riche en graces , en attraits ,

Ancien château d'Honvault , non , tu n'en vis jamais !

Pourquoi m'entretenir de ta gloire passée ?

De plus doux souvenirs s'offrent à ma pensée :

Combien d'heureux momens envolés dans ces lieux

Où tout charme le cœur et l'oreille et les yeux !

Asssise au clavecin , quand Clémentine chante

Avec sa douce voix si pure et si touchante ,

Que la note docile à ses rapides doigts

Répond toujours si juste aux accords de sa voix ,

Avec ravissement je la vois , je l'écoute ,

Et j'oublie , ô miracle ! et mon âge et ma goutte !

Amphion fit mouvoir , dit-on , jusqu'au rocher ,

Aimable Clémentine , ah ! faites-moi marcher ,

Montrez-moi de votre art la puissance divine ,

Faites plus qu'Esculape , aimable Clémentine !

Mais je vous vois sourire à mes vœux indiscrets ;

Espérance trompeuse ! inutiles souhaits !

L'approche de l'hiver vous rappelle à la ville ,

Et vous allez quitter ce séjour si tranquille ,

La tourelle gothique et le salon voûté ,

Et le joli boudoir d'où votre œil enchanté

Tour-à-tour embrassait un riant paysage ,

Et les flots de la mer soulevés par l'orage ,

Des côtes d'Albion l'éclatante blancheur,

L'oiseau qui fend les airs, la barque du pêcheur

Qui jette ses filets en rasant le rivage,

La colonne élevée en l'honneur du courage,

De nos braves guerriers monument glorieux,

Et qui semble vouloir se cacher dans les cieux.

Aujourd'hui la campagne aride et solitaire

A perdu ses attraits et ne saurait vous plaire.

Ne lui refusez pas en partant un soupir ;

Vous lui devrez encor plus d'un doux souvenir.

Aux charmes de l'étude et d'une paix profonde

Vont succéder pour vous le tourbillon du monde,

Le théâtre, les bals, les fêtes, les concerts :

Que d'hommages, de vœux vous y seront offerts !

Proférant des discours de respect, de tendresse,

Un essaim bourdonnant autour de vous se presse.

Daignez ne lui prêter l'oreille qu'à demi :

Sur vingt admirateurs on n'a pas un ami.

Vous si bonne, si pure et si franche et si vive,

A vos moindres propos il faut être attentive,

Que dis-je ? au moindre geste, au plus simple regard.

Les yeux fixés sur vous, se tenant à l'écart,

Une mère jalouse et qu'irrite l'envie,

Pour mieux vous déchirer, vrai serpent, vous épie.

Croyez-moi, dans ce monde où tout plaît un moment,

On n'est point comme vous jolie impunément.

Les triomphes d'un jour quel prix on les achète !

Clémentine jamais ne peut être coquette,

Son esprit et son cœur en sont de sûrs garans ;

Mais il faut se garder des jaloux, des méchans,

Des êtres dégradés qui savent dans leurs ames

Pour souiller l'innocence ourdir de lâches trames.

L'envie, hélas! dort peu, léger est son sommeil;

Aimable Clémentine, évitez son réveil.

Il est bien que parfois au bal on vous regrette,

Qu'en ne vous voyant pas plus d'un danseur répète :

« La musique est divine et le bal est charmant;

» Pourquoi n'y vois-je pas son plus bel ornement,

» La nymphe au fin minois, à la taille élégante?

» Je l'ai cherchée en vain. Clémentine est absente. »

Satiété toujours suit l'excès du plaisir,

C'est en le ménageant qu'on sait mieux en jouir.

Je crains aussi pour vous la fatigue des veilles :

Elle change en soucis les fleurs les plus vermeilles.

Que Lise , que Nina si fraîche au bal le soir ,

Consultent le matin leur fidèle miroir ,

Avant d'avoir quitté leur brillante parure ;

Certe , elles auront peur en voyant leur figure ,

Tous leurs traits altérés , la pâleur de leur teint ,

Leurs cheveux en désordre et leur œil presque éteint.

Ne répondrez-vous pas , riant de ma défense :

« Un goutteux peut fort bien ne pas aimer la danse.

» Mon cher Mentor me traite avec sévérité ,

» Je songe à mon plaisir , il pense à ma santé ;

» Les fêtes et les bals plaisent fort à mon âge ;

» Pourtant de ses conseils je ferai bon usage. »

Clémentine, de vous je n'en attends pas moins,

Vous savez le motif qui guide tous mes soins,

Vous savez dès long temps combien vous m'êtes chère,

Je vous porte en mon cœur l'affection d'un père ;

Pour un enfant qu'on aime on a toujours si peur !

Je veux votre plaisir ; mais plus : votre bonheur.

Couplets

POUR LE JOUR ANNIVERSAIRE DE LA NAISSANCE
DE MADEMOISELLE CLÉMENTINE ***.

COUPLETS

Pour le jour anniversaire de la naissance de Mademoiselle Clémentine ***.

Liebes kind !
GOETHE.

DÉJA dans sa course légère

Le temps ramène le beau jour

26

Où nous fêtons l'anniversaire

De fleur d'innocence et d'amour.

Clémentine, dont la tendresse

Fait le bonheur de ses parens ;

Riche en beauté, grace et sagesse,

Compte aujourd'hui dix-sept printemps.

Sans que de la double colline

Il faille gravir la hauteur,

Quand je dois chanter Clémentine

Je fais un appel à mon cœur ;

Ma muse compose sans peine

Pour un sujet si gracieux,

Et pour la jeune châtelaine

J'ai toujours des chants et des vœux.

J'ai connu cette enfant si chère

Quand elle était dans le berceau ;

Pour me la faire voir sa mère

Ouvrait doucement un rideau.

C'était un frais bouton de rose,

Petites mains, bras arrondis,

Bouche vermeille à peine éclose

Où se montrait un doux souris.

A six ans qu'elle était gentille !

Charmant babil, regard mutin ;

Elle étourdissait la famille,

C'était un vrai petit lutin.

Du matin au soir quel tapage !

On voulait en vain l'empêcher :

En voyant son joli visage

Qui donc aurait pu se fâcher?

A huit ans, près de sa poupée

Dont un fil fait mouvoir les yeux,

L'aimable enfant est occupée

De fleurs, de rubans et de nœuds...

Ne suis-je pas un bon prophète,

Moi, qui vous prédisais jadis

Que du goût et de la toilette

Clémentine obtiendrait le prix?

A dix ans, l'amour de l'étude

Déjà lui promet des succès,

Dans plus d'un art elle prélude,

Tous ses maîtres sont satisfaits.

Vers Euterpe un penchant l'entraîne,

Elle est la muse de son choix ;

Matin et soir elle promène

Sur le piano ses jolis doigts.

A dix-sept ans elle nous charme

Par ses talens et sa gaîté,

Son aimable candeur désarme

L'envieux contre elle irrité,

Esprit, bonté, grace, figure,

Fine taille, noble maintien...

Que sur sa blonde chevelure

La fleur d'oranger ira bien !

Heureux celui que l'hyménée

Doit un jour rendre son époux !

Clémentine semble être nèe

Pour faire aimer des nœuds si doux.

Puisse chaque jour de sa vie

Être filé de soie et d'or ,

Et chaque veille être suivie

De jours plus fortunés encor !

ÉPÎTRE

A MADEMOISELLE LOUISE ***.

Épître

A MADEMOISELLE LOUISE ***.

> Ut pictura poesis.
> HOR.

Vous savez bien que les muses sont sœurs ;

Partant la poésie a des droits pour vous plaire :

Ainsi que la peinture elle est grave ou légère,

L'une peint par les sons, l'autre par les couleurs,

27

Et toutes deux sur les cœurs

Exercent le même empire ;

Mais combien vos pinceaux l'emportent sur ma lyre !

Vous avez vu le temple des beaux-arts ,

Les chefs-d'œuvre nouveaux que le génie invente ;

Le marbre qui respire et la toile vivante

Ont tour-à-tour captivé vos regards ,

Entretenu le feu qui vous enflamme.

Tant que vous chérirez les livres , les pinceaux ,

Vous ne connaîtrez pas le plus cruel des maux ,

L'ennui , ce poison lent qui tue et flétrit l'ame.

Je ne suis point de ces censeurs jaloux

Qui blâment le savoir des dames

Et voudraient obliger les femmes

A ne parler que modes et bijoux.

Ce n'est point dans les bals , les fêtes , les voyages ,

Qu'on trouve le bonheur ; il est à la maison.

    Les graces n'ont qu'une saison ,

    Les talens sont de tous les âges :

    Cultivons l'esprit , la raison ,

    Et pour être heureux soyons sages.

      La langue de Cicéron

    Ne vous est pas étrangère ,

    Vous pouvez lire Milton ,

    Pope , Le Tasse et Voltaire.

Au travail , aux beaux-arts , sans crainte livrez-vous ;

Eux seul sèment de fleurs le chemin de la vie ,

Et l'étude jamais de regrets n'est suivie ;

    Nous leur devons nos plaisirs les plus doux.

    Le philosophe Démocrite ,

Votre père , dira peut-être que ces vers

    N'ont à ses yeux d'autre mérite

Que celui de vous être offerts.

C'en est un d'acquitter ses dettes ;

Ces vers, dont aujourd'hui je noircis vos tablettes,

Depuis long-temps ils vous étaient promis :

Louise, croyez-moi, j'attache moins de prix

A compter parmi les poètes

Qu'au nombre de vos amis.

VERS

ÉCRITS DANS UN ALBUM.

Vers

ÉCRITS DANS UN ALBUM.

Je connais un trio charmant

Où pétille l'esprit, la grace héréditaire ;

Où règne l'union , l'amitié , l'enjouement

Et le talent si doux de plaire ;

Le trio féminin par l'âge seul diffère :

Louise compte vingt printemps ;

C'est la fleur en bouton , c'est la rose nouvelle.

Sa mère , on la prendrait pour une sœur jumelle

Tant elle a de fraîcheur , tant elle est toujours belle.

Et l'aimable grand'mère : on est jeune long-temps

Quand avec son esprit on est vive comme elle ,

Qu'à la saillie on joint le bon ton d'autrefois ,

Et qu'on chante si bien joyeuse ritournelle...

Mesdames , entre vous , s'il fallait faire un choix

L'embarras serait grand , très-grand , je vous assure,

Plus d'un juge galant y songerait deux fois ;

Mais , du berger Pâris , moi qui sais l'aventure ,

Je couperais la pomme en trois.

« Le diable n'est pas toujours

» A la porte d'un pauvre homme. »

CHANSON.

« Le diable n'est pas toujours
» A la porte d'un pauvre homme. »

Chanson.

Pour refrain de ma chanson

Je fais choix d'un vieil adage ;

Il s'y trouve une leçon

Qui peut servir à tout âge.

Je préfère aux beaux discours

Des philosophes de Rome :

« Le diable n'est pas toujours

» A la porte d'un pauvre homme. »

Jeune , dans un frêle esquif ,

Repoussé par la tempête ,

J'errais , pauvre fugitif ,

Cherchant où poser ma tête ,

L'espérance à mon secours

S'avançait comme un doux somme :

« Le diable n'est pas toujours

« A la porte d'un pauvre homme. »

De mon sort j'étais bien las ,

Et l'on ne s'en doutait guère ;

Car l'homme doit ici-bas

Savoir souffrir et se taire.

Un vieil oncle mort à Tours

Me lègue une forte somme :

« Le diable n'est pas toujours

» A la porte d'un pauvre homme. »

Long-temps, triste débiteur,

Je n'avais pas une obole ;

Je vivais dans la frayeur

Et je mangeais sur parole.

Pour la soif, gais troubadours,

Il faut garder une pomme :

« Le diable n'est pas toujours

» A la porte d'un pauvre homme. »

CHANSON.

Pauvre, on s'éloignait de moi ;

Et riche on me trouve aimable ;

On vante ma bonne foi,

Mon goût, mes vins et ma table.

On vient me voir tous les jours ;

De visites l'on m'assomme :

« Le diable n'est pas toujours

» A la porte d'un pauvre homme. »

Dans l'asile du repos,

Pour honorer ma poussière,

Je demande que ces mots

Soient gravés sur une pierre :

« Ici gît sur le velours,

» N'importe comme il se nomme...

» Le diable n'est pas toujours

» A la porte d'un pauvre homme. »

Inséré dans la Boulonnaise du 21 avril 1829 , n°. 121.

DUO

UN ÉLÈVE EN PHARMACIE

Et la fille de l'Apothicaire.

29

DUO

ENTRE

UN ÉLÈVE EN PHARMACIE

Et la fille de l'Apothicaire.

(La scène se passe dans le fond du laboratoire.)

QUELS beaux yeux ! quelle taille fine !

— Préparez ce médicament.

Que je vous aime, ma cousine !

— Prenez trois onces de calmant.

Ah ! que je vous trouve charmante !

— Mêlez un peu de tamarin.

Jurez d'être toujours constante !

— Avec de l'huile de Riccin.

A vos appas je rends hommage.

— Faites cette décoction.

Aimer est si doux à notre âge !

— Versez une autre potion.

Un baiser pour prix de ma flamme !

— De la rhubarbe et du séné.

Toi, mon cœur, ma vie et mon ame !

— Que le tout soit anodiné.

Le père entre dans le laboratoire et chante sur le même air le
couplet suivant :

C'est bien ! je vous vois à l'ouvrage,

Et vous trouve tous deux chantant :

Courage ! mes enfans, courage !

Je veux chez moi qu'on soit content.

Heureux qui près de son amie

Tient le mortier et le pilon,

Fait son état de la chimie

Et son passe-temps d'Apollon !

Inséré dans la Boulonnaise du 3 février 1820, n°. 110.
Idem, dans l'Émancipateur du 19 décembre 1835, n°. 172.

Couplets

ADRESSÉS

A M. ULRICH,

LA VEILLE DE MON DÉPART DE STRASBOURG.

COUPLETS

ADRESSÉS

A M. ULRICH,

La veille de mon départ de Strasbourg.

Avec regret, famille aimable et chère,

Je vais quitter ce séjour enchanteur,

30

Il faut partir ; mais quelque jour, j'espère ;

Vous ramener ici le voyageur.

Tant de bontés, de soins, de complaisance,

Ne peuvent point s'effacer de mon cœur :

Douce amitié, vive reconnaissance

Suivront partout les pas du voyageur.

Puisse le ciel vous donner en partage

Des jours sereins, plaisirs, santé, bonheur !...

Bien loin de vous, sur un autre rivage,

Vous entendrez les vœux du voyageur.

Combien de fois sur les bords de Liane ,

Je parlerai de cet accueil flatteur !

Je graverai sur le plus beau platane

Le nom d'Ulrich si cher au voyageur.

1809.

ÉTRENNE.

Étrenne.

Is there a tongue like dela's o'er her cup,
That runs for ages without winding up?

YOUNG.

CHACUN vante à bon droit la piété de Lise,

Sa bienfaisance active et ses dons à l'église ;

Mais du matin au soir et du soir au matin

Quels propos, quel vacarme et quel babil sans fin !

L'oiseau qui par ses cris sauva le capitole

Ne fait pas tant de bruit que sa langue frivole.

Obligés d'écouter ses éternels discours,

Ses enfans, ses valets sont tous devenus sourds.

Je compare sa langue au battant d'une cloche

Un jour de grande fête ou quand la foudre approche,

Au vent du nord qui souffle à travers le châssis,

A la grêle qui tombe au milieu des épis,

Aux flots de l'océan que l'aquilon soulève

Lorsque couvert d'écume, il menace la grève...

Au jour du nouvel an tous les vœux sont permis;

Lise, voici les miens et ceux de vos amis :

Que Dieu pendant l'année, en sa bonté parfaite,

Vous comble de ses dons, et vous rende muette!

Inséré dans la Boulonnaise du 15 janvier 1829, n°. 107.

Portrait.

PORTRAIT.

Blinval a de l'esprit, du savoir, des talens :

D'où vient donc que Blinval fait rire à ses dépens,

Éloigne ses amis, se brouille avec les belles

Et s'attire souvent de fâcheuses querelles?

C'est qu'il ne connaît pas l'esprit de l'à-propos.

Lorsqu'il faudrait agir il demeure en repos;

Il fait tout de travers, ne dit rien à sa place,

Dans tous ses complimens se trouble, s'embarrasse;

Sans écouter personne il poursuit son discours,

Ou bien s'il s'interrompt, c'est pour parler toujours.

Soit qu'il cite la bible, ou la fable, ou l'histoire

On redoute partout sa féconde mémoire.

Il entretient Philis des beautés du latin,

Et cite à son pasteur des vers de l'Aretin;

A l'aimable Chloé qui boite dès l'enfance

Il vante gravement les charmes de la danse,

Il veut que Victorine, enrhumée et sans voix,

Chante les mêmes airs pour la seconde fois.

L'autre jour il va voir un ami de collége

Qui s'est ouvert le crâne en tombant au manége ;

Il le trouve étendu sur un lit de douleur,

A côté de sa mère et de sa jeune sœur.

Blinval compatissant laisse couler des larmes,

Cherche à les consoler, partage leurs alarmes,

Et dit à son ami : « Tu pourrais bien mourir...

» J'ai fait ton épitaphe... et je viens te l'offrir. »

Inséré dans la fenille d'annonces de Boulogne-sur-Mer, du 27 mars 1825, n°. 528.

COUPLETS

CHANTÉS AU BANQUET DONNÉ PAR LES OFFICIERS
DE LA LÉGION DU PAS-DE-CALAIS
A CEUX DE LA LÉGION DE LA LYS ,
LA VEILLE DE LEUR DÉPART.

COUPLETS

Chantés au banquet donné par les Officiers de la légion
du Pas-de-Calais
A ceux de la légion de la Lys, la veille de leur départ.

DANS un combat, dans un festin,

Le Français toujours est le même ;

L'épée ou le verre à la main ,

Il fait voir une ardeur extrême.

Pour son prince rempli d'amour ,

Fêtant Bacchus et sa bergère ,

32

Il se couronne tour-à-tour

De laurier, de myrte et de lierre.

A la santé de nos amis !

De nos compagnons, de nos frères !

Le Pas-de-Calais et la Lys

Marchent sous les mêmes bannières.

Nous cueillerons ensemble un jour

Des palmes aux champs de Bellone ;

Aujourd'hui Bacchus à son tour,

En attendant que l'airain tonne.

Chers compagnons de nos travaux,

Vous que nous regrettons d'avance,

Un jour sous les mêmes drapeaux

Nous ferons voir notre vaillance.

S'il faut nous séparer demain,

Buvons encor quelques rasades...

Amis, c'est le verre à la main

Qu'on doit quitter ses camarades.

1807.

Couplets

A M. DE GORMETTE,

LE JOUR DE SA FÊTE.

COUPLETS

A M. DE CORMETTE,

Le jour de sa fête.

Louis, c'est le jour de ta fête ;

Tandis qu'on t'offre des bouquets,

Mon Apollon pour toi s'apprête

A composer quelques couplets.

Dans la légende et dans l'histoire,

Ton saint patron est célébré ;

Mais à lui , la chose est notoire ,

Tu ne peux être comparé.

Le fils de Blanche de Castille

Fut un grand saint , fut un grand roi ;

Il abandonna sa famille

Pour aller défendre la foi.

Pour conquérir la terre sainte

Et convertir les mécréans ;

Il part , insensible à la crainte ,

Quittant sa femme et ses enfans.

Tu ne serais jamais capable

D'un dévouement aussi parfait ,

Tu laisserais aller au diable

Les sectateurs de Mahomet ;

Tu dirais bientôt : « Que m'importe

» Quel soit le maître des lieux saints ?

» Je fais la paix avec la Porte,

» Et je reste avec mes voisins. »

Sensible époux, excellent père,

Ami sincère et généreux,

Pour toi je remplirai mon verre ;

Je ne crains pas d'en boire deux.

A chaque couplet à la ronde

Que ta santé soit le refrain,

Et, quoique Mahomet en gronde,

Versez, versez de ce bon vin !

Inséré dans les petites affiches de l'arrondissement de Boulogne-sur-Mer, du 27 septembre 1810, n°. 39.

A Mademoiselle ***.

A MADEMOISELLE ***.

Pleasure too near a pain
To be longer a pleasure.

Pourquoi donc faut-il que je pense,

Quand je suis heureux près de vous,

Qu'à ces momens si courts, si doux

Bientôt va succéder l'absence !

A MADEMOISELLE ***.

Quoi déjà vous voulez partir !

Quoi déjà l'heure vous entraîne !

Le plaisir si près de la peine

Hélas ! cesse d'être un plaisir.

Le mois qui vers vous me ramène,

Bientôt novembre doit venir,

La peine si près du plaisir

Cesse à son tour d'être une peine.

On veut en vain le retenir,

Le présent fuit à perdre haleine ;

Aimable et jeune châtelaine,

On ne vit que dans l'avenir.

Sachons partout en conséquence

Borner nos projets et nos vœux :

Il faut toujours pour être heureux

Les souvenirs et l'espérance.

Ces paroles ont été mises en musique par celle à qui elles avaient été adressées.

LES

Deux petits Savoyards.

Les

DEUX PETITS SAVOYARDS.

(HISTORIQUE.)

> Aux montagnes de la Savoye
> Je naquis de pauvres parens.
>
> BOUILLY.

Un pauvre petit savoyard

Cheminait suivi de son frère ;

LES DEUX

Le vent soufflait , il était tard ,

Et la neige couvrait la terre.

Mourant de fatigue et de faim ,

Ils s'arrêtent près d'une ferme ,

Le maître était dur , inhumain :

La porte sur eux se referme.

« — Ouvrez , ouvrez au nom de Dieu ;

» Pitié ! pitié ! le froid nous glace :

» Sous votre toit , à votre feu

» Pour cette nuit donnez-nous place.

» Nous avons perdu le chemin

» Qui conduit au prochain village.....

» La nuit est si sombre !... Demain

» Nous nous remettrons en voyage. »

Mais cet homme était sans pitié ,

Un égoïste au cœur de pierre ;

Après qu'en vain on l'eût prié ,

Il se couche , éteint sa lumière.

Chacun des petits malheureux ,

Transi de froid , pleure et grelotte ,

Se tenant embrassés tous deux

Entre leur chien et leur marmotte.

Dans leurs yeux gêlent quelques pleurs

Lorsqu'ils pensent à leur chaumière...

« — Adieu , mon père ! adieu mes sœurs !

« Que Dieu protége notre mère ! »

Sur la neige , hors de la cour ,

Ils s'endorment couverts de givre.....

Le lendemain , avant le jour ,

Tous quatre avaient cessé de vivre.

Le maître , en proie à ses remords ,

En sursaut le matin s'éveille ;

Avec horreur il voit les corps

De ceux qu'il a chassés la veille.

L'aspect de ces pauvres enfans

Comme un spectre va le poursuivre :

Dieu punit toujours les méchans ;

A leur désespoir il les livre.

EXTRAIT DE L'ÉMANCIPATEUR

Du 8 Février 1838 *, n°.* 392.

❀

Nous recevons de M. le baron d'Ordre, la touchante romance que l'on va lire. Elle est tirée d'une anecdote publiée récemment dans l'*Émancipateur*. Nour profitons de cette occasion pour annoncer à nos lecteurs que les *Derniers chants du Barde*, dont l'impression a été retardée par le froid, vont paraitre incessamment.

LE TROUBADOUR.

ROMANCE.

Le Troubadour.

ROMANCE.

Sur la harpe, au pied de la tour

Qui domine au loin dans la plaine,

Ainsi chante un vieux troubadour

Pour une jeune châtelaine :

« Dites, pourquoi cette pâleur

» Dont mon amour pour vous s'alarme ?

» Je voudrais , enfant de mon cœur ,

» Dans vos yeux tarir chaque larme.

» Songez que d'un nouveau plaisir

» La peine toujours est suivie...

» Combien de bonheur l'avenir

» Vous promet encor dans la vie !

» Voyez le joyeux pélerin ,

» A peine il se met en voyage

» Que le ciel d'abord si serein

» Se couvre soudain d'un nuage.

» Dans un labyrinthe arrêté ,

» Il adresse à Dieu sa prière ;

» Bientôt, perçant l'obscurité ,

» Jaillissent des flots de lumière.

» Après plus d'un pénible effort ,

» Long-temps battu par la tempête ,

« Le nautonnier arrive au port

» Et sait où reposer sa tête.

» Le sage n'est pas abattu ,

» Il souffre tout avec constance ,

» Il a pour guide la vertu

» Et pour compagne l'espérance. »

Sur sa harpe , au pied de la tour

Qui domine au loin dans la plaine ,

Ainsi chanta le troubadour

Pour consoler la châtelaine.

Vers

ÉCRITS DANS L'ALBUM

DE MADEMOISELLE ***.

VERS

ÉCRITS DANS L'ALBUM

de Mademoiselle ***.

CETTE déesse inconstante et légère

Qu'on représente un bandeau sur les yeux,

Qui, par caprice, indulgente ou sévère,

Donne ou reprend, comble ou trahit nos vœux,

Elle a pour vous empli sa coupe amère

Dans la saison des amours et des jeux.

Ainsi que vous l'aimable Deshoulière

Jeune , du sort essuya le courroux ;

Ainsi que vous , son ame noble et fière

Sut opposer le courage à ses coups.

Pour la venger le Dieu de la lumière

Lui prodigua ses trésors les plus doux ,

Sema de fleurs sa modeste carrière ;

Elle écrivit sans crainte des jaloux ,

A ses amis rendue encor plus chère ,

Et ses beaux vers sont venus jusqu'à nous.

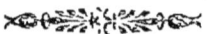

CHARLES X

à Holyrood.

ODE.

CHARLES X

A HOLYROOD.

ODE.

PENDANT les jours d'exil, de deuil et de souffrance,

Charles, aux coups du sort opposant la constance,

Dans les murs d'Holyrood se crut long-temps heureux;

Il ne regrettait pas une grandeur passée :

La France seule alors occupait sa pensée ,

La France objet de tous ses vœux.

Au Dieu de saint Louis il offrait sa prière

Avant que le sommeil , en fermant sa paupière ,

A son cœur agité ne rendît le repos.

Déjà l'airain du soir frappait la douzième heure ,

Et la lune éclairait sa royale demeure

A travers d'antiques vitraux.

Soudain un chevalier devant lui se présente :

Il s'avance couvert d'une armure éclatante ;

Sur son écu d'azur on voit trois fleurs de lys :

Son front est entouré d'un rayon de lumière ;

Son œil vif brille encor d'une flamme guerrière,

    Sur ses lèvres est le souris.

Charles a reconnu le saint roi dont le zèle

Sous les drapeaux du Christ combattit l'infidèle,

L'exemple des chrétiens et l'honneur des guerriers,

Ce roi qui se plaisait dans les bois de Vincenne

A rendre la justice, assis au pied d'un chêne,

    Au milieu de ses chevaliers.

« Mon fils, dit le héros en agitant sa lance,

» Regarde devant toi cet horizon immense :

» J'ai de la nuit des temps dissipé les brouillards ;

» J'interroge : aussitôt les destins me répondent,

» Le passé, l'avenir à mes yeux se confondent,

          » Tout est présent à mes regards.

» Apprends de moi, mon fils, tes nobles destinées ;

» Le temps, qui dans son cours entraîne les années,

» Aux rives de la Seine a marqué ton retour.

» Des maux qu'elle a soufferts pour effacer la trace,

» La France a rappelé les princes de ta race,

          » Le ciel te rend à son amour.

» Déchu de sa grandeur, dépouillé de sa gloire,

» Le guerrier est tombé du char de la victoire ;

» Il se relève enfin par un effort nouveau ;

» Le ciel, qu'il offensait, à ses destins préside :

» Il a reçu le jour sur un rocher aride ,

    » Un rocher sera son tombeau.

» Le panache éclatant qui flotte sur ta tête

» Des partis divisés apaise la tempête ,

» Et promet aux Français la paix et le bonheur.

» Brisant son joug de fer , un peuple magnanime

» Se presse sur les pas de son roi légitime ,

    » Du monarque législateur.

» Belle comme sa mère , une auguste princesse ,

» Modèle de vertu , de grandeur , de sagesse ,

» Au milieu du péril porte un cœur de héros.

» La France avec amour , avec orgueil contemple

37

» La moderne Antigone et la vierge du temple ,

   » Dans l'héroïne de Bordeaux.

» Deux fils chers à la gloire et riches d'espérance

» Soutiendront en tous lieux l'éclat de leur naissance ;

» L'un , sujet éternel de pleurs et de regrets ,

» Tombera sous les coups du poignard régicide ,

» Et l'autre ira porter aux colonnes d'Alcide

   » L'antique honneur du nom Français.

» Le Génie infernal qui dans l'ombre médite ,

» Aiguise les poignards ; se relève et s'agite ;

» Infortuné Berry , tu tombes sous leurs coups !

» Il croit , du sang royal que la source est tarie ;

» Mais un auguste enfant, l'espoir de la patrie,

    » Du monstre a trompé le courroux.

» C'est l'enfant du miracle et de la Providence,

» Il détruit des méchans la dernière espérance :

» Sur le royal berceau la France vient prier;

» De la fin de ses maux elle y trouve le gage;

.» C'est l'arc-en-ciel qui brille après un long orage

    » Et rassure le nautonnier.

» Les peuples sous ton règne unis, puissans, tranquilles,

» Perdront le souvenir des discordes civiles

» Et compteront les jours par tes nombreux bienfaits.

» Monarque-chevalier, prince sage et fidèle,

» Tu seras des vertus le plus noble modèle ,

» La gloire et l'amour des Français. »

Telle qu'une vapeur qui précède l'aurore

L'ombre de saint Louis à ces mots s'évapore ,

Disparaît et remonte au céleste séjour.

Le fils des rois s'endort aux rives étrangères ,

Et soudain se réveille au palais de ses pères ,

Entouré de sa noble cour !

Inséré dans la feuille d'annonces de Boulogne-sur-Mer , du 50 juin 1825 , n°. 542.

A S. A. R. Madame,

DUCHESSE DE BERRY.

A S. A. R. MADAME,

DUCHESSE DE BERRY.

PARTOUT les vœux et les hommages,

Adorable princesse, accompagnent vos pas ;

Pressés et confondus, tous les rangs, tous les âges

Font éclater leur joie en ce jour plein d'appas ;

Tous contemplent avec ivresse

La fille des Bourbons, la mère de Bordeaux,

Cet assemblage heureux de grace et de noblesse ,

Qui sous des trait si doux porte un cœur de héros.

Votre auguste présence enflamme le génie ,

Inspire le poète et fait naître les arts ;

Princesse , un seul de vos regards

Anime les accens du dieu de l'harmonie.

Les troubadours français, les muses d'Ausonie ,

Rivaux de gloire , ont chanté dans leurs vers

Vos vertus, vos bienfaits , et ce noble courage

Que la France bénit , qu'admire l'univers.

Pour ne point répéter dans un moins beau langage

Ce qu'ils ont chanté tour-à-tour ,

Le silence aujourd'hui sera notre partage ;

Nous dirons seulement que dans aucun séjour

Vous n'inspirez , nos cœurs en sont le gage ,

Plus de respect et plus d'amour.

EXTRAIT

DE LA

FEUILLE D'ANNONCES

DE BOULOGNE-SUR-MER,

Du 25 Août 1825.

« Les sentimens d'ivresse et de bonheur avec lesquels Madame,
» duchesse de Berry, fut accueillie à son entrée dans notre ville, se
» manifestent de plus en plus; l'esplanade et les lieux voisins de
» son palais sont continuellement couverts de spectateurs qui sem-
» blent craindre de perdre une seule fois l'occasion de la voir et de
» lui témoigner leur respect et leur amour.

» M. le baron d'Ordre a eu l'honneur de présenter à S. A. R. la
» pièce de vers suivante, quelle a entendue avec une extrême bien-
» veillance, et qu'elle a daigné demander à l'auteur. »

Qu'il lui soit permis de reproduire ici une lettre qu'il a reçue de
cette auguste Princesse, après tant d'années et tant d'événemens
divers.

LETTRE

DE

SON ALTESSE ROYALE MADAME,

DUCHESSE DE BERRY.

—

Ischel, 31 Août 1835.

J'AI reçu, Monsieur, les Chants d'*amour et de fidélité* que vous m'avez adressés, et je me plais à vous dire que l'hommage que vous m'en avez fait m'a été fort agréable.

La distance qui nous sépare de notre France et la durée d'un exil déjà bien long me font apprécier doublement les sentimens que vous exprimez avec tout le charme de la poésie.

J'ai lu et je relirai encore vos œuvres avec un véritable plaisir.

Puisse Henri V vous offrir le sujet de nouvelles inspirations dans des jours plus heureux. Ni le jeune roi ni sa mère n'oublieront que vos pensées sont allées les chercher au loin dans des jours malheureux.

Croyez bien, Monsieur, à toute mon estime.

MARIE-CAROLINE.

Cette lettre a paru dans un grand nombre de journaux.

AU ROI.

Au Roi.

Sur ce front rayonnant que la gloire environne,

    Français que sied bien la couronne !

Charle a de son aïeul le port, la majesté

Quand il dictait des lois à l'Europe soumise ;

Il a de saint Louis la sage piété,

    Du bon Henri la valeur, la franchise,

Et de François premier la grace et la gaîté.

Monarque-chevalier, ton auguste présence

De respect et d'amour enflamme tous les cœurs :

Si sur tes pas tu vois couler des pleurs

Ce sont des pleurs de joie ou de reconnaissance.

On cite tes bienfaits, on compte tes vertus.

Et l'on se dit : « *C'est un Bourbon de plus.* »

Jadis plus d'un héros de ta race chérie

Vint dans nos murs après de grands exploits,

Et sur l'humble autel de Marie

Déposa la couronne et le bandeau des rois.

O monarque cher à la France

Puisse le ciel sur toi répandre ses trésors !

Daigne encore une fois revenir sur nos bords,

Et reçois avec bienveillance

Notre amour, nos respects, nos vœux et nos transports.

Ces vers ont été composés en 1827, lorsque Charles X est venu visiter le camp de Saint-Omer, et qu'il était question qu'il allât à Boulogne, ce qui n'a pas eu lieu.

VERS

POUR METTRE AU BAS DU PORTRAIT
DE M. LE VICOMTE DE MONTBRUN , MEMBRE
DE LA CHAMBRE DE DÉPUTÉS.

Vers

POUR METTRE AU BAS DU PORTRAIT
DE M. LE VICOMTE DE MONTBRUN, MEMBRE
DE LA CHAMBRE DES DÉPUTÉS.

Pes meus stetit in directo.

DE l'autel et du trône embrassant la défense,

Sans peur et sans reproche, il n'a jamais failli ;

Il porte dans son cœur son Dieu, son roi, la France,

Il combat les ligueurs et vote avec Sully.

1827.

Nécrologie.

NÉCROLOGIE.

✳

M. le vicomte Dixmude de Montbrun, chevalier de Saint-Louis et de la Légion d'Honneur, ancien député, colonel de cavalerie, est décédé le 13 juin 1838, à Montreuil-sur-Mer, dans la soixante-seizième année de son âge.

Il était capitaine de cavalerie lorsque la révolution désorganisa l'armée française ; ne pouvant plus servir son roi, dont il avait été page de la chambre, il émigra et alla se ranger sous les drapeaux de Condé. A la chûte de la république il rentra dans sa patrie. A la restauration, il reçut le brevet de colonel, se rendit à Gand en 1815, et servit avec ce grade dans l'armée que commandait Mgr. le duc de Berry.

40

Nommé par ses compatriotes à cette assemblée qui mérita par son dévouement et sa fidélité la dénomination d'*introuvable* que lui avait accordée Louis XVIII le vicomte de Montbrun obtint l'estime et l'attachement de ses collègues et la confiance entière de ses commettans. Indépendant par sa position sociale et par la franchise de son caractère élevé et loyal, il ne voulut accepter aucune place, aucune faveur, et n'employa le crédit dont il jouissait près des princes et des ministres que pour réparer les injustices de la fortune envers des victimes de la tempête révolutionnaire.

Sa loyauté, la fermeté et la constance de ses principes, son aménité, son instruction, son esprit cultivé, son enjouement et l'à-propos de ses citations le rendaient cher à la société dont il faisait le charme et l'agrément.

M. le vicomte de Montbrun a vécu constamment en preux et loyal chevalier, et il est mort en véritable chrétien, entouré des secours de la religion, et s'éteignant dans les bras de tous les objets de ses plus tendres affections.

D'après le désir qu'il en avait témoigné, ses dépouilles mortelles ont été transportées au cimetière de Bellebrune, arrondissement de Boulogne-sur-Mer, où il habitait une partie de l'année dans son château.

Des parens, des amis, des voisins, et un grand nombre d'ouvriers qu'il se plaisait à entretenir par une charité bienveillante et éclairée, ont accompagné l'homme de bien jusqu'à sa dernière demeure avec des prières, des pleurs et des bénédictions.

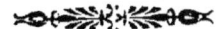

SUR LA MORT

DU SULTAN

MAHMOUD II.

Sur la Mort

DU SULTAN

MAHMOUD II.

« Disco, puer, virtutem ex me, verumque laborem,
» Fortunam ex aliis ! »

C'EN est fait ! il n'est plus ce monarque puissant,

L'amour de ses sujets et l'honneur du croissant !

Cinquante-quatre hivers ont passé sur sa tête,

En but dès sa jeunesse aux coups de la tempête,

Sans avoir pu courber son front majestueux,

Et sans ternir l'éclat qui brillait en ses yeux :

Doux et fier à la fois, dans ses regards son ame

Exprimait sa pensée avec des traits de flamme ;

Fin, profond, pénétrant, avare de discours,

De ses vastes desseins il poursuivait le cours,

Aimé, craint, respecté. Les pages de l'histoire

A la postérité consacreront sa gloire.

Une vaste pensée occupait son grand cœur :

Il voulait des sultans rappeler la splendeur,

Et, par de sages lois autant que par l'épée,

Un jour reconquérir leur puissance usurpée,

Comme aux siècles passés, où le chef des croyans

Répandait en tous lieux des soldats triomphans,

Menaçait à la fois et l'Europe et l'Asie.

Mais les temps sont changés : aujourd'hui la Russie,

Colosse gigantesque, étend au loin ses bras ;

Ses robustes guerriers, durs comme leurs climats,

Façonnés dès l'enfance au métier de la guerre,

Disputent le pouvoir à la riche Angleterre,

Fière de ses trésors, de ses nombreux vaisseaux.

Le Turc tient la balance entre les deux rivaux.

L'ambitieux Ali, le vice-roi, le traître,

Dans l'abîme entr'ouvert voulait pousser son maître.

Honneur à ce héros ! on a pu le trahir,

Le vaincre, l'accabler ; mais jamais l'avilir.

Le chagrin a rongé son ame généreuse,

Comme l'eau du rocher qui le mine et le creuse.

Le ciel à ce grand prince évita la douleur

De voir , avant sa mort , vaincre l'usurpateur.

Moins heureux que Mahmoud , du sort noble victime ,

Plus d'un monarque a vu le triomphe du crime ,

Et de la trahison les sanglans étendards

Flotter victorieux à ses derniers regards.

Que Mahmoud est sublime à l'heure solennelle ,

Lorsqu'invoquant de Dieu la justice éternelle ,

Il cite à comparaître au divin tribunal

L'auteur de tous ses maux , son rebelle vassal !

Perfide Méhémet, tremble devant ton maître !

La main du Tout-Puissant atteint toujours le traître :

Ton heure , prince ingrat , n'a pas encor sonné ;

Attends , et , tôt ou tard tu seras condamné.

Le Turc, dans son harem, triste et mélancolique,

Savourait, assoupi, la plante narcotique,

Ou, tenant dans la bouche un tube parfumé,

Respirait la vapeur du tabac allumé,

Ou buvait à longs traits dans l'albâtre fragile

L'odorante boisson que Moka lui distille.

Ennemi de l'étude, autrefois l'Ottoman

Ne lisait qu'un seul livre, et toujours le Koran.

Avait-il visité le tombeau du prophète,

Ou la sainte cité, sa vie était complète :

La Mecque au vrai croyant semblait le monde entier,

Où le pélerin vit pour dormir et prier.

Sous les lambris de marbre, où l'eau de ses fontaines

Mêle son doux murmure à la voix des sirènes,

D'un air pur, embaumé respirant la fraîcheur,

Il plongeait dans le bain ses membres sans vigueur.

En vain, dans leurs ébats, les houris les plus belles

Des désirs de l'amour soufflaient les étincelles :

Il n'a jamais joui, dans ses murs enfermé,

Du bonheur inconnu d'aimer et d'être aimé.

Sans craintes, sans désirs, dans sa froide apathie,

Il laissait au hasard à diriger sa vie ;

De la fatalité respectant le pouvoir,

Il disait : « c'est écrit », sans jamais s'émouvoir.

Que pouvaient espérer le prince et la patrie

D'une ame sans ressorts, desséchée et flétrie,

Se livrant aux langueurs d'un éternel sommeil,

Dont la vie est un songe et la mort un réveil ?

Qu'il fallait de génie et de force et d'adresse,

Pour du Turc assoupi gourmander la paresse,

Détruire le pouvoir de ses vieux préjugés,

Et soumettre à la loi les imans outragés !

Il abat d'un seul coup les puissans janissaires,

Devant lesquels tremblaient les sultans tributaires ;

Le Bosphore engloutit ces farouches soldats,

Et le fer et le feu délivrent ses états.

Ainsi , Pierre-le-Grand , bravant leur résistance ,

Des Strélitz révoltés renversa la puissance ,

Construisit des vaisseaux , éleva des remparts ,

Et soumit au rasoir la barbe des Boyards.

Le Czar , pour obtenir un pareil sacrifice ,

Dut montrer à leurs yeux l'appareil du supplice :

Ils craignent moins le fer que l'acier du rasoir ,

Tant les vieux préjugés conservent de pouvoir !

Tant un peuple ignorant se plie à l'habitude !

Mahmoud aimait les arts, la science, l'étude ;

Il ne redoutait pas la peine et le travail,

Et donnait peu d'instans aux plaisirs du sérail.

A l'heure des combats, quand sonnait la trompette,

Ainsi que Frédéric, il se montrait poète,

Sage législateur, intrépide soldat ;

Son front sous le turban brillait d'un triple éclat.

Hardi réformateur, on le voyait sans cesse

D'un peuple efféminé réveiller la mollesse,

Des tribus du désert discipliner l'ardeur,

Sous des chefs étrangers instruire la valeur.

Ne vous étonnez pas s'il aimait tant la France,

S'il voulait sur Paris régler tout à Byzance :

Une jeune captive (1), ornement de sa cour,

Du père du sultan avait conquis l'amour ;

Riche en grace, en appas, de mille dons ornée,

Des rives de la France elle fut amenée

Par un corsaire turc, pour prix de ses exploits ;

Achetée au sérail, elle y donna des lois,

Et, pleurant son pays sur la terre étrangère,

De l'illustre Mahmoud elle devint la mère,

Inspira de bonne heure au monarque éclairé

L'amour du nom français, justement révéré.

(1) Le sultan Mahmoud qui vient de mourir était fils d'une Française, Mlle. de l'Epinay. Cette jeune personne, prise fort jeune par des corsaires turcs, fut vendue comme esclave pour le sérail de Sa Hautesse. Nous croyons savoir que plusieurs branches de la famille de Mlle. de l'Epinay habitent Bordeaux.

Pour réformer son peuple il fit un pas immense.

Jeune sultan , poursuis , achève avec constance

Tout le bien qu'il a fait jusqu'à son dernier jour ;

Sois digne d'un tel père , et gouverne à ton tour ;

De prudens conseillers entoure ta jeunesse ,

Écoute les avis dictés par la sagesse ,

Des puissans ulémas n'étouffe pas la voix ;

Sois juste , ferme , humain , et règne par les lois ;

Des imans , des muphtis réclame l'assistance ,

Avec la trahison ne fais pas alliance ;

Remets ta destinée aux mains du Dieu très-haut ,

Combats pour la justice , et péris s'il le faut.

Du héros qui n'est plus ose suivre l'exemple ;

O prince ! à ton début l'Europe te contemple ;

Elle dit : Gloire , honneur au jeune souverain !

Honte au pacha rebelle ! au traître ! à l'Africain !

Inséré dans la Boulonnaise du 7 août 1859, nº. 660.

Idem , dans la Gazette de Picardie , du 21 août 1859 , nº. 869.

Idem , dans l'Émancipateur du 25 août 1859.

LA

Caisse d'Epargne.

La
CAISSE D'ÉPARGNE.

✳

> Travaillez ; prenez de la peine
> C'est le fond qui manque le moins.
>
> .LAFONTAINE.

AUTREFOIS j'ai chanté l'héroïque défense

De nos braves aïeux combattant pour la France,

Après six ans d'exil, revoyant ses remparts

Conquis au prix de l'or sur les fiers léopards ;

Naguère j'ai chanté la ville souveraine

D'où pour vaincre Albion partit l'aigle romaine,

Où l'étranger se plaît à choisir son séjour

Qu'Eurvin a défendue, où Bouillon vit le jour.

Le barde Boulonnais, dont souvent la présence,

En faveur de ses chants obtint votre indulgence,

Devenu faible, vieux, souffrant d'un mal cruel,

Et voulant aujourd'hui répondre à votre appel

Vous adresse ces vers auxquels vous ferez grace :

Pour en donner lecture un ami le remplace.

Que ce simple récit soit par vous écouté !

Il est sans ornement ; mais plein de vérité.

Élise, jeune et belle, avait perdu son père,

Depuis long-temps en but aux traits de la misère,

D'une mère malade elle était le soutien :

Comment la soulager quand on ne gagne rien ?

Et comment recevoir quand on est à son âge

Sans guides, sans parens, belle, innocente et sage ?

Fût-il riche et puissant, par fierté, par pudeur,

Elle aurait refusé les dons d'un séducteur.

Comment aurait-il fait pour rencontrer Élise ?

Seulement le dimanche elle allait à l'église ;

Près du lit de sa mère on la voyait toujours ;

Ses voisins la nommaient *la sœur de bon secours*.

Elle ne quittait pas cette mère chérie

Par le mal, la misère et le chagrin flétrie,

Priant Dieu pour sa fille à l'aspect du trépas,

Manquant de nécessaire et ne se plaignant pas.

Un jour elle portait, la pauvre et jeune fille,

Au Mont-de-piété sa dernière guenille,

Quand Bastien la rencontre et l'arrête en chemin :

— « Élise, où vas-tu donc ? » dit-il prenant sa main.

Une vive rougeur soudain couvre sa joue,

Elle se trouble, hésite, à la fin elle avoue :

Comment taire un secret ; surtout à son amant ?

Bastien ému, touché, l'embrasse tendrement ;

Vers la Caisse d'épargne il court plein d'espérance,

Bénissant le travail, fruit de tant de constance,

Plus d'un dur sacrifice à ses vœux imposé,

Plus d'un joyeux festin, plus d'un bal refusé.

Oh ! qu'il se sent heureux de son économie !

De l'affreuse misère il sauve son amie ;

Triomphe d'un refus à demi prononcé,

Et lui remet l'argent avec peine amassé.

Bastien verse des pleurs de joie et de tendresse...

— « Élise, chère Élise, ah ! prends tout ! » Il la presse,

La force d'accepter ; et la mère en ce jour,

Recouvre la santé ; miracle de l'amour !

Le ciel les a bénis. Amans tendres ; fidèles ;

Tous deux des bons époux sont cités pour modèles.

Ils doivent leur bonheur justement mérité

A la Caisse d'épargne, au Mont-de-piété.

Grace, honneur soient rendus à la sage industrie

Qui de pareils bienfaits a dotés ma patrie,

Aux hommes généreux qui consacrent leurs soins

A placer le travail à l'abri des besoins !

Notre cité renferme au sein de l'abondance,

Un peuple industriel, fort, plein d'intelligence,

Actif, sobre, économe, aimant l'ordre et la paix,

En face d'Albion, type des Boulonnais.

Celui, dans ses travaux, que l'espoir encourage

Doit servir son pays, et l'aimer davantage.

A la Caisse d'épargne on devra désormais

De meilleurs citoyens et de meilleurs Français.

Ces vers ont été faits pour la séance publique de la société d'agriculture, du commerce et des arts de Boulogne-sur-Mer.

1839.

APPEL

EN FAVEUR DE LA SOUSCRIPTION

OUVERTE POUR LA RECONSTRUCTION DE L'ANCIENNE

CATHÉDRALE

DE BOULOGNE-SUR-MER.

Appel

En faveur de la Souscription
ouverte pour la Reconstruction de l'ancienne
Cathédrale
de Boulogne-sur-Mer.

Domine, dilexi decorum domus tuæ.

Un pompeux édifice existait dans ces lieux

Enrichi par la foi, l'amour de nos aïeux :

Chaque siècle ajoutait à sa magnificence :

On y voyait venir le monarque de France

Qui, suivant un usage antique et révéré,

Parmi ses grands vassaux, de sa cour entouré,

Et dans des flots d'encens tenant en main un cierge,

Présentait sa couronne à l'autel de la Vierge,

Dont l'image brillait de saphirs, de rubis,

Quand la foule empressée inondait le parvis.

Qui pourrait rappeler tant de riches reliques,

Le fer, l'argent et l'or des chapelles gothiques,

Les autels grecs, romains, les lampes, les flambeaux,

Les colonnes de marbre et les brillans vitraux ?

Là, reposaient jadis sous la pierre sonore

Plus d'un vaillant guerrier dont Boulogne s'honore,

Plus d'un pontife saint, plus d'un sage docteur,

Et plus d'un juge intègre estimé du plaideur.

En des jours désastreux l'antique cathédrale

Fut livrée à la pioche, au marteau du vandale.

On ouvrit les tombeaux, et les os dispersés

Restèrent sans honneur sous les murs renversés !

On brisa les autels, on arracha les dalles,

Et la cupidité prodiguant les scandales,

O douleurs ! ô regrets! chez un peuple chrétien,

Tout fut détruit, épars ; il ne resta plus rien.

Et la religion à pleurer condamnée

Quitta pour quelque temps la terre profanée.

Mais après la tempête on la vit revenir,

Sous l'aile de la foi, préparant l'avenir.

L'étude, la science et les arts pour cortége ;

Près des lieux dévastés fondèrent un collége,

Où des maîtres pieux choisis pour leur savoir

Des parens éclairés ont surpassé l'espoir.

Reconnaissance, honneur, gloire, estime éternelle

Au prêtre du Seigneur enflammé d'un saint zèle

Qui le premier conçut ce dessein généreux !

Oh ! puisse-t-il bientôt voir couronner ses vœux,

Et s'élever un jour la noble basilique,

Monument glorieux de la foi catholique

Consacré par les dons, la piété, l'amour,

Et digne de la ville où Bouillon vit le jour !

Vous tous fils de la France ! ô chrétiens ! ô mes frères !

Sur qui brille un rayon du soleil de nos pères,

Qui respectez encor ce qu'ils ont adoré,

Nous implorons de vous un secours assuré?

Écoutez notre voix , le ciel vous y convie :

L'ange des souvenirs sur le livre de vie

Avec reconnaissance inscrira vos tributs ,

Le denier de la veuve et le don de Crésus.

Inséré dans la Boulonnaise du 10 avril 1839 , n°. 643.

EXTRAIT DE L'ANNOTATEUR

Du 11 Avril 1839 , n°. 305.

Nous recevons du respectable M. le baron d'Ordre, les vers que l'on va lire , qu'au milieu de vives souffrances il a voulu consacrer à une œuvre qu'il avait long-temps appelée de ses vœux. C'était au poète qui a célébré en beaux vers les actes de courage et d'abnégation des Boulonnais au siége de 1544, qu'il appartenait de faire aujourd'hui, en un langage bien inspiré , appel à ce respect pour le culte de leurs pères, et les plus belles traditions de leur histoire, auquel ils n'ont jamais failli.

Inséré dans l'Émancipateur du 12 Avril 1839, n°. 519.

EXTRAIT DE LA GAZETTE DE PICARDIE

Du 17 Avril 1839, n°. 551.

La reconstruction de la cathédrale de Boulogne ne pouvait manquer d'inspirer la muse à la fois religieuse et française de M. le baron d'Ordre. Nous nous faisons un devoir et un plaisir d'offrir à nos lecteurs les vers qu'a bien voulu nous envoyer à ce sujet l'auteur éloquent des *Chants d'amour et de fidélité*.

EXTRAIT DE LA FRANCE

Du 7 Mai 1839, n°. 127.

Nous ne pouvons terminer sans citer quelques-uns des beaux vers que M. le baron d'Ordre, l'honorable auteur de plusieurs volumes

de poésies pleines de charme, a composés à l'occasion de la souscription dont nous venons de parler : nous les copions également
dans la brochure.

AN APPEAL

IN BEHALF OF A SUBSCRIPTION FOR THE

RECONSTRUCTION

OF THE ANCIENT CATHEDRAL OF BOULOGNE-SUR-

MER.

An Appeal

IN BEHALF OF A SUBSCRIPTION FOR THE

RECONSTRUCTION

OF THE ANCIENT CATHEDRAL OF BOULOGNE-S.-M.

Domine, dilexi decorem domus tuæ.

Upon this spot there stood a splendid Fane,

Some scattered traces of its walls remain :

Whose shrines, the faith and zeal of former days

Enriched, adorned, approached with pious praise.

Succeeding ages long admired the pile

And heaped fresh offerings in each vaulted aisle.

Here Gallia's monarchs oft in days of old ;

Their nobles round them , and their vassals bold ;

A hallowed taper glimmering in their hand ,

Midst clouds of incense , and a reverend band

Of priests , bent low the knee with faith divine ,

To lay their crown upon the virgins shrine ,

Whose form , with rubies and with sapphires bright ,

Dispensed a sacred and effulgent light.

Who can describe thy countless relicks rare ,

Which pilgrims sought from far with pious care ;

Thy gothic chapels rich with oerlaid gold ;

Thy greek and roman altars , and thy bold

But graceful pillars , and the lamps which gleamed

With holy fire , the softened day that beamed

Through the stained windows on the marble floor ,

And sculptured tombs of those who dwelt of yore

The valiant heroes Boulogne justly boasts ,

Who shed a lustre oer her rugged coasts ,

And many a holy-pontiff , many a sage

And upright judge , the beacon of his age.

At length disastrous days came o'er the land ,

The temple fell beneath the vandals hand.

Its tombs uptorn , around the ruins spread ,

Nor spared were e'en the ashes of the dead.

Beneath the riven walls — oh direful loss !

Lie fallen altars , and the fractured cross.

Avarice, of scandal prodigal alone,

Respects not e'en the blessed virgins throne.

All, all, alas! destroyed, unhallowed fell :

Such crimes convulse the land where christians dwell!

Religion, doomed to weep where late she reigned,

Forsook awhile a country so profaned.

But when the storm subsided she returned ;

By law upheld again her altars burned.

With her art, science, industry appear,

And near the ruined Fane a college rear.

Enlightened parents, with just praise proclaim

The learned and pious teachers well earned fame.

Honor and glory, gratitude, esteem

Be these thy meed, who first with zeal supreme,

The generous thought didst nurture in thybreast,
Tobuild this shrine, and be thy labours blest!
Oh mayst thou see, thy fondest wishes crowned
A splendid temple rise above the ground,
A glorious monument of christian faith!
And be it hallowed by the heavenly breath
Of piety and love, a bright array!
Worthy the town where Bouillon saw the day.

And ye whom France has nursed, oh christians, friends!
On whom one ray of that bright sun descends
That shone upon our fathers; who adore
The god they worshiped.— Ye we now implore!
Oh grant the succour still so much we need
To make the work so well begun, succeed.

Let not my prayer be lost , by heaven inspired.

Angels shall note the tributes thus acquired ,

And saints upon the book of life indite

The gifts of Cresus , and the widows mite.

R. B. H.

Published in the Boulogne journal, april 27 , 1859 , n°. 198.

EXTRAIT DE L'ANNOTATEUR

Du 25 Avril 1859 , n°. 507.

L'appel poétique de M· le baron d'Ordre , en faveur de cette sous-cription , a été élégamment traduit en vers anglais. Nos lecteurs étrangers nous sauront gré de leur donner ici ce travail , qui s'adresse à leurs sympathies pour les belles œuvres non moins qu'à leur esprit.

FIN DU VOLUME.

TABLE.

TABLE.

—

FIN DE LA TABLE.

Ouvrages du même Auteur.

OUVRAGES DU MÊME AUTEUR.

�֍

Voyage sentimental , mêlé de prose et de vers , ou Souvenirs d'un jeune Exilé , avec gravures et musique ; 2 vol.

La Chaumière de Jeannette.

La Philosophie du Cœur.

Les Exilés de Parga, poème, suivi de poésies diverses; troisième édition , avec la traduction en vers anglais du rev. Weeden Butler , et ornée de gravures et musique.

Le Siége de Boulogne en 1544 , poème , avec le plan du siége , et des notes historiques par M. Alexandre Marmin.

Cet ouvrage a été imprimé par arrêté du conseil municipal ; il en a paru une imitation en vers anglais , par M. Hackett.

Chants d'Amour et de Fidélité.

Les dernières Inspirations du Barde.

OUVRAGES

DE Mme. LA BARONNE D'ORDRE.

—

Nouvelles Helvétiques ; 3 vol.

Les Suisses sous Rodolphe de Habsbourg , roman
historique , dédié , avec permission , à Madame la
Dauphine ; 6 vol.

Histoires dramatiques , 1 vol. contenant : *la Bataille
de Sempach* , drame en cinq actes; *le Retour de
Marie Stuart en Écosse* , drame en cinq actes ; *les
Bannis à la bataille de Morgarten* , drame en cinq
actes.

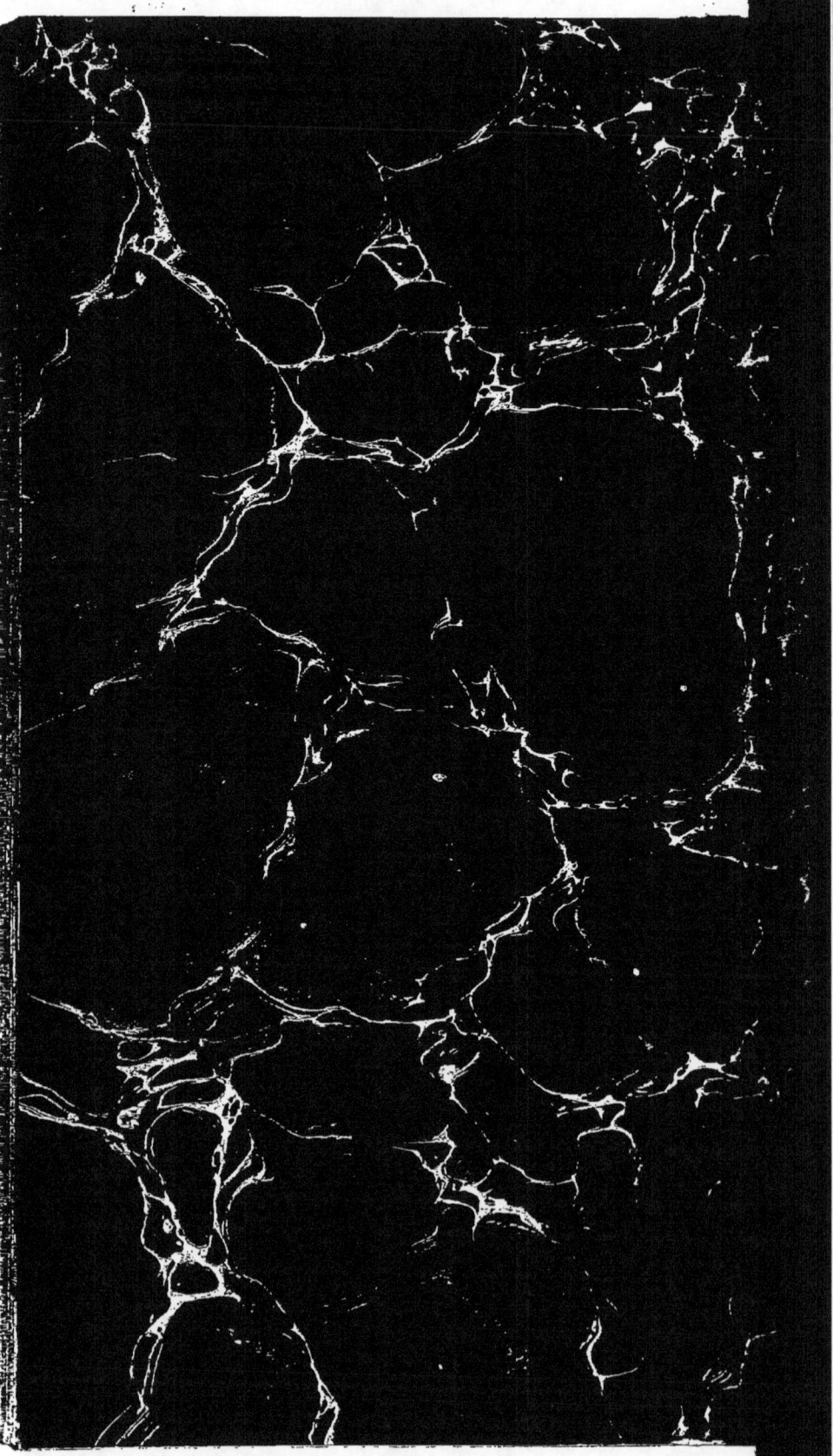

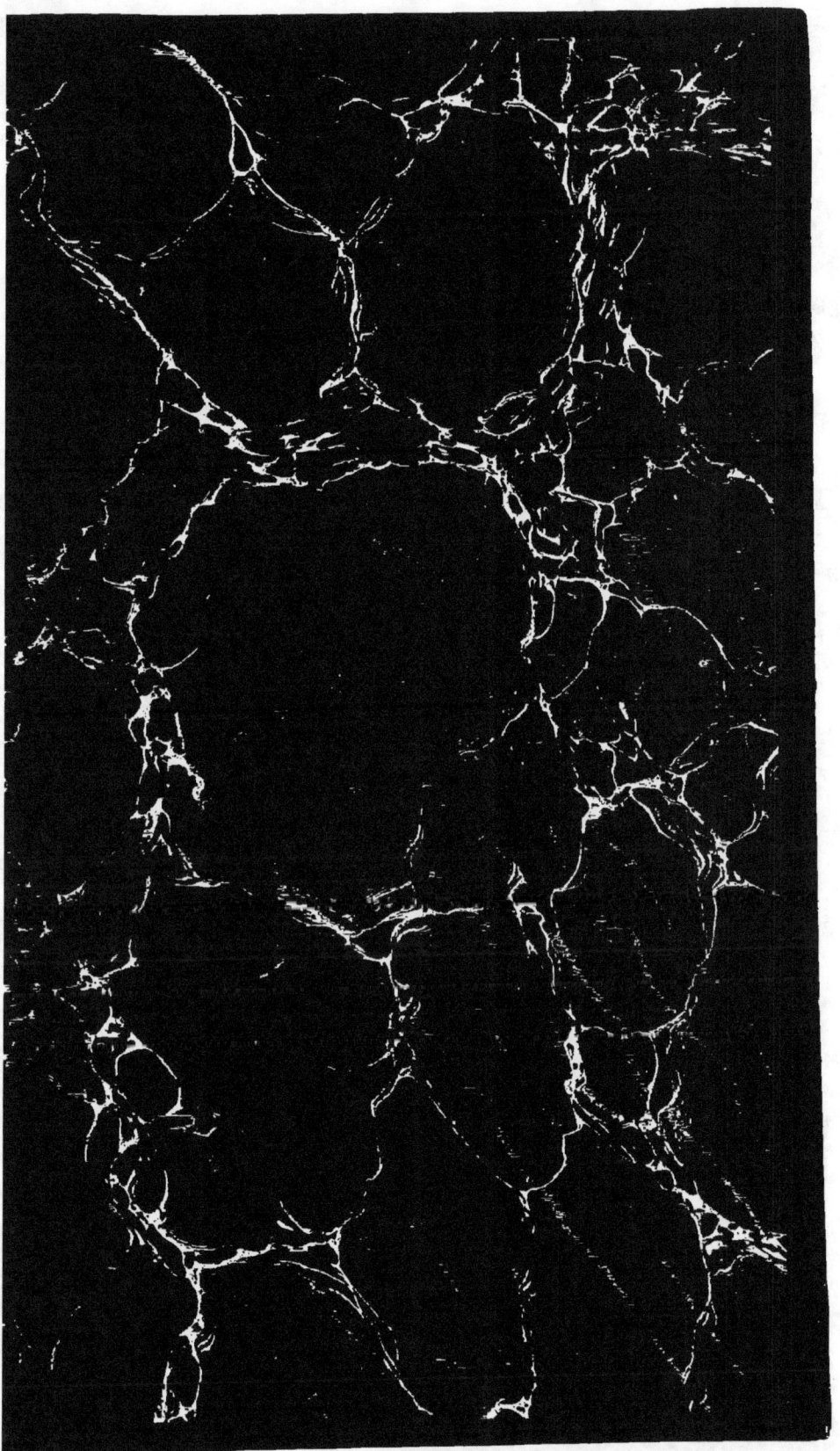

www.ingramcontent.com/pod-product-compliance
Lightning Source LLC
Chambersburg PA
CBHW050315030726
47505CB00003B/719